EDUARDO MENDOZA

NICHTS NEUES VON GURB

*Aus dem Spanischen
von Matthias Strobel*

Klett-Cotta

Hobbit Presse
www.hobbitpresse.de
Die Originalausgabe erschien unter dem Titel »Sin noticias de Gurb«
im Verlag Seix Barral, Barcelona
© 1990 by Eduardo Mendoza
Für die deutsche Ausgabe
© 2024 by J. G. Cotta'sche Buchhandlung Nachfolger GmbH,
gegr. 1659, Stuttgart
Alle deutschsprachigen Rechte vorbehalten
Cover: © Birigit Gitschier, Augsburg
unter Verwendung einer Abbildung von © Mark Oliver, UK
Gesetzt von C.H.Beck.Media.Solutions, Nördlingen
Gedruckt und gebunden von GGP Media GmbH, Pößneck
ISBN 978-3-608-98771-3
E-Book ISBN 978-3-608-12316-6

TAG 9

00.01 (Ortszeit) Landung problemlos durchgeführt. Konventioneller (erweiterter) Antrieb. Landungsgeschwindigkeit: 6.30 auf der konventionellen (begrenzten) Skala. Geschwindigkeit im Moment des Aufsetzens: 4 auf der Unter-U1-Skala oder 9 auf der Molina-Calvo-Skala. Hubkraft: AZ-0.3.
Ort der Landung: 63Ω (IIß) 28 476 394 783 639 473 937 4 92 749.
Lokale Bezeichnung des Landeorts: Sardanyola.

07.00 Auf (meine) Anweisung hin schickt Gurb sich an, mit den (tatsächlichen und möglichen) Lebensformen der Zone Kontakt aufzunehmen. Da wir in körperloser Form reisen (Intelligenz-Analysefaktor 4800), ordne ich an, dass er einen analogen Körper der lokalen Bewohner annimmt. Ziel: nicht die Aufmerksamkeit der (tatsächlichen und möglichen) einheimischen Fauna zu erregen. Nach Konsultation des Astral-Terrestrischen Katalogs Annehmbarer Formen (ATKAF) wähle ich für Gurb die Gestalt des menschlichen Wesens namens Marta Sánchez.

07.15 Gurb verlässt das Raumschiff über Luke 4. Wetter: heiter mit leichtem Wind aus südlicher Richtung. Temperatur: 15 Grad. Relative Luftfeuchtigkeit: 56 Prozent. See: spiegelglatt.

07.21 Erster Kontakt mit lokalem Bewohner. Daten übermittelt von Gurb: Größe des Einzelwesens: 170 Zentimeter. Schädelumfang: 57 Zentimeter. Augenzahl: zwei. Schwanzlänge: 0.00 Zentimeter (da nicht vorhanden). Das Wesen kommuniziert mittels einer schlicht strukturierten, aber schwer zu artikulierenden Sprache, die sich *innerer Organe* bedient. Schwach ausgeprägtes Denkvermögen. Bezeichnung des Wesens: Lluc Puig i Roig (vermutlich fehlerhafter und unvollständiger Empfang). Biologische Funktion des Wesens: Professor (exklusive Beschäftigung) an der Universidad Autónoma de Bellaterra. Freundlichkeitsgrad: niedrig. Er verfügt über ein einfach strukturiertes, aber schwer zu steuerndes Fahrzeug namens Ford Fiesta.

07.23 Gurb wird von dem Wesen aufgefordert, in sein Transportmittel einzusteigen. Er bittet um Anweisungen. Ich ordne an, die Einladung anzunehmen. Grundsätzliches Ziel: nicht die Aufmerksamkeit der einheimischen (tatsächlichen und möglichen) Fauna zu erregen.

07.30 Nichts Neues von Gurb.

08.00 Nichts Neues von Gurb.

09.00 Nichts Neues von Gurb.

12.30 Nichts Neues von Gurb.

20.30 Nichts Neues von Gurb.

TAG 10

07.00 Ich beschließe, mich auf die Suche nach Gurb zu machen.
Bevor ich aufbreche, verberge ich das Raumschiff, um Entdeckung und Untersuchung desselben seitens der heimischen Fauna zu vermeiden. Nach Konsultation des Astral-Terrestrischen Katalogs beschließe ich, das Raumschiff zu verwandeln in einen irdischen Körper namens Einfamilienhaus, Heiz., 3 Schlafz., 2 Bäd., Balkon, Gemeinsch.-Pool, 2 Parkpl., günstige Finanzierung.

07.30 Ich beschließe, die Gestalt eines menschlichen Einzelwesens anzunehmen. Nach Konsultation des Katalogs fällt meine Wahl auf den Conde-Duque de Olivares.

07.45 Statt das Raumschiff über die Luke zu verlassen (jetzt eine einfach strukturierte, aber schwer zu handhabende Massivholztür), beschließe ich, mich an einem Ort zu materialisieren, an dem die Konzentration von Einzelwesen am größten ist, damit ich keine Aufmerksamkeit errege.

08.00 Ich materialisiere mich an einem Ort namens Diagonal-Paseo de Gracia und werde von Bus Nummer 17 Barceloneta-Vall d'Hebron überfahren. Ich muss den Kopf, der aufgrund der Kollision weggerollt ist, wieder einsammeln. Schwieriges Unterfangen aufgrund der Fülle von Fahrzeugen.

08.01 Überfahren von einem Opel Corsa.

08.02 Überfahren von einem Lieferwagen.

08.03 Überfahren von einem Taxi.

08.04 Ich sammle den Kopf wieder ein und wasche ihn an einem öffentlichen Brunnen unweit der Unfallstelle. Ich nutze die Gelegenheit, um die Zusammensetzung des Wassers zu analysieren: Wasserstoff, Sauerstoff und Kot.

08.15 Aufgrund der hohen Dichte von Einzelwesen wird es womöglich schwierig, Gurb *mit bloßem Auge* ausfindig zu machen, aber ich nehme Abstand von einer sensorischen Kontaktaufnahme, weil ich nicht einschätzen kann, welche Auswirkungen es auf das ökologische Gleichgewicht der Zone und infolgedessen auf ihre Bewohner haben könnte.
Menschliche Wesen gibt es in unterschiedlichen Größen. Die kleinsten sind so klein, dass sie, würden sie nicht von größeren Exemplaren in kleinen Wägelchen geschoben, sofort unter deren Füße geraten würden (und schon wäre der Kopf ab). Die größten sind selten über 200 Zentimeter lang.

Überraschenderweise sind sie in liegendem Zustand *genauso lang*. Einige tragen Schnauzbart, andere Vollbart und Schnauzbart. Fast alle haben zwei Augen, die entweder im vorderen oder im hinteren Teil des Gesichts liegen, je nach Blickwinkel. Beim Gehen bewegen sie sich von hinten nach vorne, wodurch sie den Schwung der Beine mit einem *kräftigen* Schwung der Arme ausgleichen müssen. Die Eiligsten unter ihnen verstärken diesen Schwung mittels Handtaschen aus Leder oder Plastik oder Köfferchen namens Samsonite aus einem Material, das von einem anderen Planeten stammt. Das Fortbewegungssystem der Automobile (vier paarweise angelegte, mit stinkender Luft gefüllte Räder) ist vernünftiger und erlaubt höhere Geschwindigkeiten. Wenn ich nicht für exzentrisch gehalten werden will, darf ich nicht fliegen oder auf dem Kopf gehen. Merke: Immer schön Bodenhaftung bewahren, sei es mit dem Fuß – egal welchem – oder mit dem äußeren Organ namens Hintern.

11.00 Ich halte schon fast drei Stunden Ausschau nach Gurb. Vergeudete Zeit. Der Menschenstrom an dieser Stelle der Stadt schwillt nicht ab. Im Gegenteil. Meiner Schätzung nach liegt die Wahrscheinlichkeit, dass Gurb hier vorbeikommt und ich ihn nicht sehe, bei dreiundsiebzig zu eins. Und es fehlen sogar noch zwei Variablen: a) dass Gurb *nicht* hier vorbeikommt; b) dass Gurb hier vorbeikommt, aber *seine Gestalt verändert hat*. In diesem Fall läge die Wahrscheinlichkeit, dass ich ihn nicht entdecke, bei neun Trillionen zu eins.

12.00 Das Angelus-Läuten. Ich gehe kurz in mich im Vertrauen darauf, dass Gurb nicht ausgerechnet jetzt vorbeikommt.

13.00 Die aufrechte Haltung, die ich meinem Körper schon seit fünf Stunde zumute, ermüdet mich allmählich. Zur Taubheit der Muskeln kommt noch der ständige Kraftakt des Ein- und Ausatmens. Als ich es einmal fünf Minuten lang vergesse, läuft mein Gesicht blau an, und die Augen springen aus den Höhlen, sodass ich schon wieder zwischen den Autos herumkriechen muss, um sie einzusammeln. Wenn das so weitergeht, werde ich doch noch Aufmerksamkeit erregen. Offenbar atmen die Menschen die Luft automatisch ein und aus, was sie dann schlicht *Atmen* nennen. Diesen Automatismus, der eines zivilisierten Wesens unwürdig ist und den ich hier aus rein wissenschaftlichen Gründen erwähne, wenden die Menschen nicht nur auf die Atmung an, sondern auf viele Körperfunktionen wie Blutkreislauf, Verdauung, Blinzeln – das im Gegensatz zu den beiden zuvor genannten Funktionen sehr wohl willentlich kontrolliert werden kann und dann *Zwinkern* heißt –, das Wachsen der Finger- und Zehnägel usw. Die Abhängigkeit der Menschen vom automatischen

Funktionieren ihrer Organe (und Organismen) geht so weit, dass sie abscheuliche Dinge täten, wenn man ihnen nicht im Kindesalter beibrächte, die Natur dem Anstand unterzuordnen.

14.00 Ich komme an die Grenze meines Durchhaltevermögens und sinke auf die Knie, das linke Bein nach vorne gebeugt, das rechte Bein nach hinten. Als eine ältere Dame mich in dieser Körperhaltung sieht, gibt sie mir eine Fünfundzwanzig-Peseten-Münze, die ich, um nicht unhöflich zu erscheinen, sofort hinunterschlucke. Temperatur: 20 Grad. Relative Luftfeuchtigkeit: 64 Prozent. Leichter Wind aus südlicher Richtung. See: spiegelglatt.

14.30 Die Dichte des rollenden wie gehenden Verkehrs nimmt leicht ab. Noch immer nichts Neues von Gurb. Trotz des Risikos, das prekäre ökologische Gleichgewicht des Planeten zu stören, beschließe ich, sensorischen Kontakt aufzunehmen. Als gerade kein Bus vorbeifährt, konzentriere ich mich voll und ganz auf die Frequenz H76420ba1 400 009 und steigere auf H76420ba1 400 010.
Beim zweiten Versuch empfange ich ein anfangs schwaches, dann stärker werdendes Signal. Ich entschlüssele das Signal, das von zwei unterschiedlichen, aber in Bezug auf die Erdachse einander sehr nahen Punkten zu kommen scheint. Text des (entschlüsselten) Signals:
Von wo rufen Sie an, Señora Cargols?

Aus Sant Joan Despí.
Von wo, sagen Sie?
Aus Sant Joan Despí. Aus Sant Joan Despí. Können Sie mich hören?
Wir scheinen hier beim Sender ein kleines Empfangsproblem zu haben, Señora Cargols. Hören Sie uns gut?
Was?
Ich fragte, hören Sie uns gut, Señora Cargols?
Ja, ja, ich höre Sie sehr gut.
Hören Sie mich, Señora Cargols?
Aus Sant Joan Despí.
Aus Sant Joan Despí. Und hören Sie uns gut aus Sant Joan Despí, Señora Cargols?
Ich höre Sie sehr gut. Und Sie, hören Sie mich?
Sehr gut, Señora Cargols. Von wo rufen Sie uns an?
Ich fürchte, Gurb ausfindig zu machen, wird viel schwieriger, als ich dachte.

15.00 Ich beschließe, die Stadt systematisch zu durchstreifen, statt an einem festen Ort zu verharren. Damit verringere ich die Wahrscheinlichkeit, Gurb nicht zu finden, um eine Trillion, mit nach wie vor ungewissem Ergebnis. Beim Gehen halte ich mich an den heliografischen Stadtplan, den ich beim Verlassen des Raumschiffs in meine Schaltkreise eingespeist habe. Ich stürze in eine Baugrube der Katalanischen Gaswerke.

15.02 Ich stürze in eine Baugrube der Katalanischen Wasser- und Elektrizitätswerke.

15.03 Ich stürze in eine Baugrube der Wasserwerke Barcelona.

15.04 Ich stürze in eine Baugrube der Telefónica.

15.05 Ich stürze in eine Baugrube des Bürgervereins der Calle Córcega.

15.06 Ich beschließe, mich nicht mehr an den heliografischen Stadtplan zu halten und beim Gehen lieber darauf zu achten, wo ich hintrete.

19.00 Ich gehe schon seit vier Stunden und weiß nicht mehr, wo ich bin. Die Beine tragen mich kaum noch. Die Stadt ist riesengroß, überall herrscht Gedränge, der Lärm ist unerträglich. Seltsamerweise erblicke ich nirgends die typischen Bauwerke wie den Kenotaphen der Jungfrau von Pilar, die mir als Orientierung dienen könnten. Ich habe einen Fußgänger angehalten, der einen hohen Freundlichkeitsgrad zu besitzen scheint, und ihn gefragt, wo ich am besten nach einer vermissten Person suchen sollte. Er hat mich gefragt, wie alt diese Person sei. Auf meine Auskunft, sie sei sechstausendfünfhundertdreizehn Jahre alt, hat er mir empfohlen, es im Corte Inglés zu probieren. Am schlimmsten ist das Einatmen der mit fettigen

Partikeln versetzten Luft. Bekanntermaßen ist die Luft in einigen städtischen Gebieten von einer solch hohen Dichte, dass ihre Bewohner sie in Hüllen stopfen und unter dem Namen *Morcillas* exportieren. Ich habe tränende Augen, eine verstopfte Nase und einen trockenen Mund. Wie viel schöner ist es in Sardanyola!

20.30 Nach Sonnenuntergang hätten sich die atmosphärischen Bedingungen um einiges verbessern können, wären die Menschen nicht auf die Idee gekommen, Straßenlaternen einzuschalten. Offenbar brauchen sie Licht, um weiterhin draußen sein zu können. Trotz ihrer mehrheitlich groben, ja geradezu hässlichen Physiognomie scheinen sie nicht leben zu können, ohne einander zu sehen. Auch die Autos haben ihre Scheinwerfer eingeschaltet und bedrängen sich gegenseitig. Temperatur: 17 Grad. Relative Luftfeuchtigkeit: 62 Prozent. Leichter Wind aus südwestlicher Richtung. See: leicht bewegt.

21.30 Basta. Ich gehe keinen Schritt weiter. Mein körperlicher Verfall ist beträchtlich. Ein Arm, ein Bein und beide Ohren sind mir abhandengekommen, und die Zunge hängt so tief, dass ich sie am Gürtel festbinden musste, weil ich schon vier Hundehaufen und unzählige Zigarettenkippen aufgeleckt habe. Unter diesen Umständen setze ich die Suche lieber morgen fort. Ich verstecke mich unter einem geparkten Lastwagen, löse mich auf und materialisiere mich im Raumschiff.

21.45 Ich lade mich elektrisch auf.

21.50 Ich ziehe den Pyjama an. Dass Gurb nicht bei mir ist, schlägt mir aufs Gemüt. Seit achthundert Jahren haben wir jeden Abend miteinander verbracht, und jetzt weiß ich nicht, wie ich die Stunden vor dem Schlafengehen rumkriegen soll. Ich könnte mir etwas im lokalen Fernsehen anschauen oder ein Kapitel der Abenteuer von Lolita Galaxia lesen, aber mir ist nicht danach. Ich kann mir nicht erklären, wieso Gurb nicht hier ist, und noch weniger, warum er sich nicht meldet. Ich war nie ein strenger Chef, sondern habe der Besatzung, also Gurb, immer erlaubt, nach Gutdünken zu kommen und zu gehen (in der Freizeit). Wenn er also nicht kommt oder weiß, dass er zu spät kommt, dann könnte er wenigstens so rücksichtsvoll sein, Bescheid zu sagen.

TAG 11

08.00 Noch immer nichts Neues von Gurb. Ich versuche erneut, sensorischen Kontakt aufzunehmen, und empfange die wütende Stimme einer Person, die im Namen der *einfachen* Bürger, als deren Vertreter er sich aufspielt, einen gewissen Guerra auffordert, die Verantwortung zu übernehmen. Ich lasse das mit dem sensorischen Kontakt lieber sein.

08.30 Ich verlasse das Raumschiff und erkunde als Haubentaucher die Gegend aus der Luft.

09.30 Ich beende den Erkundungsflug und kehre ins Raumschiff zurück. Schon die Städte sind in ihrer Anlage verworren und irrational, und für die Landschaft um sie herum gilt dies erst recht. Dort ist nichts regelmäßig oder flach, sondern scheint vielmehr absichtlich so angelegt, dass man es möglichst nicht nutzen kann. Die Küstenlinie ist aus der Vogelperspektive das Werk eines Irren.

09.45 Nach eingehendem Studium des Stadtplans (kartographische Version mit doppelelliptischer Achse), beschließe ich, die Suche nach Gurb am Rand derselben fortzusetzen, der bewohnt wird von einer menschlichen Unterart namens *Arme*. Da diese Unterart laut Astralkatalog einen etwas niedrigeren Freundlichkeitsgrad aufweist als die Variante namens *Reiche* und einen sehr viel niedrigeren als die Variante namens *Mittelschicht*, wähle ich die Gestalt des Einzelwesens namens Gary Cooper.

10.00 Ich materialisiere mich in einer offensichtlich verlassenen Straße des Stadtteils San Cosme. Ich bezweifle, dass Gurb sich freiwillig hier niedergelassen hat. Andererseits war er noch nie der Hellste.

10.01 Ein Bande Halbstarker mit Messern nimmt mir die Brieftasche ab.

10.02 Eine Bande Halbstarker mit Messern nimmt mir die Pistolen und den Sheriffstern ab.

10.03 Eine Bande Halbstarker mit Messern nimmt mir die Weste, das Hemd und die Hose ab.

10.04 Eine Bande Halbstarker mit Messern nimmt mir die Stiefel, die Sporen und die Mundharmonika ab.

10.10 Ein Streifenwagen der Polizei hält neben mir. Ein Beamter der Polizei steigt aus, belehrt mich über die von der Verfassung garantierten Rechte, legt mir Handschellen an und bugsiert mich per

Kopfnuss in den Streifenwagen. Temperatur: 21 Grad. Relative Luftfeuchtigkeit: 75 Prozent. Böiger Wind aus südlicher Richtung. See: leicht bewegt.

10.30 Ich werde in die Zelle eines Polizeireviers gebracht. In dieser Zelle befindet sich eine verlottert aussehende Person. Ich stelle mich vor und schildere die Umstände, die mich unfairerweise an diesen Ort geführt haben.

10.45 Nach Überwindung des Misstrauens, das die Menschen gegenüber ausnahmslos all ihren Artgenossen hegen, beschließt die Person, mit der das Schicksal mich verbunden hat, ein Gespräch mit mir zu beginnen. Sie überreicht mir ihre Visitenkarte, auf der steht:

JETULIO PENCAS
Bettel-Agent
Experte für Tarot, Geigenspiel und Selbstmitleid.
Straßenservice und Hausbesuche

10.50 Mein neuer Freund berichtet mir, man habe ihn irrtümlich *eingebuchtet*, er habe sein Lebtag noch kein Auto aufgebrochen, um etwas mitgehen zu lassen. Mit Betteln könne man sich sein Geld auf ehrliche Weise verdienen, und das Pulver, das man bei ihm beschlagnahmt habe, sei nicht das, was die Polizei behaupte, sondern die Asche seines verstorbenen Vaters, Gott hab ihn selig, die er just an diesem Tag am Mirador del Alcalde habe verstreuen wollen. Doch alles, was er gerade erzählt habe, fügt er hinzu, werde ihm nichts nützen, weil die Justiz in diesem Land durch und durch korrupt sei und unsereins, allein wegen unseres Aussehens, ohne Beweise und ohne Zeugen, sowieso in den *Knast* stecken werde, wo wir uns beide AIDS und Flöhe einfangen würden. Ich sage, ich verstünde kein Wort, und er sagt, da gebe es auch nichts zu verstehen, und dann nennt er mich Alter und sagt, das Leben sei eben so, der Reichtum in diesem Land sei sehr ungleich verteilt. Als Beweis führt er den Fall einer Person an, deren Namen mir entfallen ist, die sich ein Haus mit zweiundzwanzig Klos gebaut habe, und er fügt hinzu, dass diesen Kerl hoffentlich der Dünnschiss befalle und dann alle zweiundzwanzig Klos besetzt seien. Anschließend steigt er auf eine der Pritschen und verkündet, wenn erst mal die seinen kämen (seine Klos?), werde er besagten Kerl zwingen, seine Notdurft im Hühnerstall zu verrichten, und die zweiundzwanzig Klos an Familien verteilen, die alle vom Arbeitslosengeld leben müssten. Dann hätten sie wenigstens was, fährt er fort, womit sie sich die Zeit vertreiben könnten, bis sie wieder einen Job fänden, so wie man es ihnen versprochen habe. Anschließend fällt er von der Pritsche und schlägt sich den Kopf auf.

11.30 Ein Beamter der Polizei, aber nicht der von vorhin, öffnet die Tür der Zelle und befiehlt uns, ihm zu folgen, ganz offensichtlich, weil wir vor dem Señor Kommissar erscheinen sollen. Nach all den Warnungen meines neuen Freundes beschließe ich, ein respektableres Aussehen anzunehmen, und verwandle mich in Don José Ortega y Gasset. Aus Solidarität verwandle ich meinen neuen Freund in Don Miguel de Unamuno.

11.35 Wir erscheinen vor dem Kommissar, der uns von oben bis unten mustert, sich am Kopf kratzt und erklärt, er wolle sich das Leben nicht unnötig schwer machen. Er ordnet an, uns auf freien Fuß zu setzen.

11.40 Mein neuer Freund und ich verabschieden uns am Eingang des Polizeireviers. Bevor wir auseinandergehen, bittet mein neuer Freund mich noch, ihm seine alte Gestalt zurückzugeben, denn mit dieser Visage werde ihm nicht mal Gott ein Almosen geben, selbst wenn er sich künstliche Pusteln aufklebe, die einem schier den Magen umdrehten. Ich erfülle ihm die Bitte, und er geht.

11.45 Ich nehme meine Suche wieder auf.

14.30 Noch immer nichts Neues von Gurb. Ich folge dem Beispiel der Leute um mich herum und beschließe, etwas zu essen. Da alle Geschäfte außer sogenannten *Restaurants* geschlossen sind, nehme ich an, dass *Restaurants* die Orte sind, an denen Essen serviert wird. Ich schnuppere an dem Müll vor dem Eingang mehrerer *Restaurants*, bis ich eines finde, das meinen Appetit anregt.

14.45 Ich betrete das *Restaurant*. Ein ganz in Schwarz gekleideter Herr fragt mich barsch, ob ich zufällig eine Reservierung hätte. Ich verneine, erkläre aber, dass ich mir gerade eine Villa mit zweiundzwanzig Klos bauen ließe. Eilig werde ich an einen Tisch mit Blumengedeck geleitet, das ich verschlinge, um nicht unhöflich zu erscheinen. Man reicht mir die (unverschlüsselte) Speisekarte, ich lese sie und bestelle Schinken, Melone mit Schinken und Melone. Man fragt mich, was ich trinken möchte. Um keine Aufmerksamkeit zu erregen, bestelle ich die bei Menschen üblichste Flüssigkeit: Urin.

16.15 Ich trinke einen Kaffee. Dazu gibt es ein Glas *Birnenschnaps* aufs Haus. Anschließend bringt man mir die Rechnung, die sich auf sechstausendachthundertvierunddreißig Peseten beläuft. Ich habe bei Weitem nicht genug Geld.

16.35 Ich rauche eine Montecristo Nummer zwei (2) und überlege, wie ich aus dem Schlamassel wieder herauskomme. Ich könnte mich dematerialisieren, aber ich verwerfe die Idee, weil es a) die Aufmerksamkeit der Kellner und Gäste erregen könnte und b) ungerecht wäre, wenn meine mangelnde Voraussicht auf Kosten von Leuten ginge, die so nett waren, mich auf ein Glas *Birnenschnaps* einzuladen.

16.40 Unter dem Vorwand, etwas im Auto vergessen zu haben, verlasse ich das *Restaurant*, betrete einen Kiosk und kaufe Scheine und Lose der unzähligen Lotteriesysteme, die dort vertrieben werden.

16.45 Durch Manipulation der Elementarformeln verschaffe ich mir die Summe von einhunderteinundzwanzig Millionen Peseten. Ich kehre in das *Restaurant* zurück, begleiche die Rechnung und gebe einhundert Millionen Peseten Trinkgeld.

16.55 Ich nehme die Suche nach Gurb wieder auf mit der einzigen Methode, die ich kenne: indem ich die Straßen ablatsche.

20.00 Mir rauchen schon die Sohlen. Bei einem der Schuhe ist der Absatz abgebrochen, was meinem Gang einen so lächerlichen wie anstrengenden Hüftschwung aufzwingt. Ich werfe die Schuhe weg, betrete einen Laden und kaufe mit dem Geld, das mir vom *Restaurant* noch übriggeblieben ist, neue, die zwar nicht so bequem sind wie die alten, dafür aber aus einem sehr widerstandsfähigen Material. Mit diesen neuen Schuhen namens *Skistiefel* mache ich mich auf einen Rundgang durch den Stadtteil Pedralbes.

21.00 Ich beende den Rundgang durch den Stadtteil Pedralbes, ohne Gurb gefunden zu haben, aber angenehm überrascht von der Eleganz seiner Häuser, der Idylle seiner Straßen, dem Grün seiner Gärten und der Fülle seiner Swimmingpools. Ich verstehe nicht, wieso manche Leute lieber in Vierteln wie San Cosme wohnen, diesem Trauerspiel, wo sie doch auch in Vierteln wie Pedralbes wohnen könnten. Möglicherweise ist es keine Frage der Vorliebe, sondern des Geldes.

Allem Anschein nach unterteilen sich die Menschen in Reiche und Arme. Es ist eine Unterteilung, der sie große Bedeutung beimessen, ohne dass ich wüsste, warum.

Der Hauptunterschied zwischen Reichen und Armen scheint folgender zu sein: Reiche müssen nirgendwo bezahlen, egal, was und wie viel sie kaufen und konsumieren. Arme hingegen bezahlen sogar fürs Schwitzen. Diese Ausnahmeregelung für Reiche kann schon immer bestanden haben oder kürzlich gewährt, vorübergehend erteilt oder erfunden worden sein: Es ist letztlich nicht von Belang. Statistisch scheint erwiesen, dass Reiche länger und besser leben als Arme, dass sie größer, gesünder und hübscher sind, dass sie mehr Spaß haben, an exotischere Orte reisen, eine bessere Schulbildung erhalten, weniger arbeiten, sich mit größeren Annehmlichkeiten umgeben, mehr Kleidung besitzen, vor allem für den Übergang, bei Krankheit erhalten sie die bessere Behandlung, sie werden mit mehr Pomp beerdigt und bleiben länger in Erinnerung. Außerdem ist die Wahrscheinlichkeit höher, dass in Zeitungen, Illustrierten und Jahrbüchern über sie berichtet wird.

21.30 Ich beschließe, ins Raumschiff zurückzukehren. Ich dematerialisiere mich vor der Tür des Klosters von Pedralbes, zur großen Überraschung der ehrwürdigen Mutter, die genau in diesem Moment den Müll rausbringt.

22.00 Ich lade mich auf und finde mich damit ab, einen weiteren Abend allein verbringen zu müssen. Ich lese ein Kapitel von Lolita Galaxia, aber da ich das Buch so oft mit Gurb gelesen habe, dem ich immer die pikantesten Passagen erklären musste, weil er ein bisschen schwer von Begriff ist, hebt es meine Laune nicht, sondern macht mich traurig.

22.30 Ich habe keine Lust mehr, im Raumschiff umherzugeistern, und beschließe, zu Bett zu gehen. Heute war ein anstrengender Tag. Ich ziehe den Pyjama an, spreche meine Gebete und lege mich schlafen.

TAG 12

08.00 Noch immer nichts Neues von Gurb. Draußen regnet es in Strömen. In Barcelona regnet es so, wie das Rathaus arbeitet: selten, aber dafür volle Pulle. Ich beschließe, zu Hause zu bleiben und den Vormittag zu nutzen, um das Raumschiff ein bisschen auf Vordermann zu bringen.

09.00 Seit einer Stunde mache ich schon großreine und kann nicht mehr. Um diese Haushaltsangelegenheiten hat sich immer Gurb gekümmert, deshalb bin ich etwas außer Form. Möge er bald zurückkommen.

09.10 Um mir die Zeit zu vertreiben, sehe ich ein wenig fern. Es treten mehrere Individuen auf, die alle der menschlichen Spezies angehören. Nach einer Weile gelange ich zu dem Schluss, dass ich es mit einem Quiz zu tun habe, das sich auch auf meinem Planeten großer Beliebtheit erfreut, nur dass es hier inhaltlich etwas grober zugeht. Ein Ehepaar biologisch unterschiedlichen Geschlechts (vorerst nicht sichtbar) wird gefragt, wie Napoleon mit Nachnamen heißt. Geflüster. Die Frau antwortet in zweifelndem Tonfall. Benavente? Die Antwort ist nicht korrekt. Jetzt ist das gegnerische Ehepaar dran, das auf einem Podium am anderen Ende des Studios sitzt. Bombita? Auch diese Antwort ist nicht korrekt. Der Moderator applaudiert und teilt den teilnehmenden Ehepaaren mit, dass sie eine halbe Million Peseten gewonnen oder verloren haben. Gejohle der Kandidaten auf ihren jeweiligen Podien. Eine neue Kandidatin, die schon zweiundzwanzig Monate am Stück an dem Quiz teilnimmt, tritt an. Sie wird gefragt, wie der Geburtsname von Alberto Alcocer lautet. Ich beschließe, den Empfang zu unterbrechen. Temperatur: 16 Grad. Relative Luftfeuchtigkeit: 90 Prozent. Starker Wind aus Nordost. See: leicht bewegt.

09.55 Ich materialisiere mich in der Dorfkneipe als Julio Romero de Torres (in seiner Version *mit* Regenschirm), verschlinge zwei Spiegeleier mit Speck und blättere die Morgenzeitung durch. Das Denksystem der Menschen ist so primitiv, dass sie Zeitungen lesen müssen, um herauszufinden, was in der Welt passiert. Sie wissen nicht, dass ein einfaches Hühnerei mehr Informationen enthält als die gesamte Presse des Landes. Und vertrauenswürdigere noch dazu. Aus den beiden Eiern, die mir gerade serviert worden sind, entnehme ich trotz des Öls, in dem sie schwimmen, die Börsennotierungen, eine Meinungsumfrage über die Aufrichtigkeit von Politikern (70 Prozent der Hühner halten Politiker für aufrichtig) und die Ergebnisse der morgigen Basketballpartien. Oh, wie einfach wäre das Leben der Menschen, wenn jemand ihnen das Entschlüsseln beigebracht hätte!

10.30 Der Espresso mit Schuss hat mich umgehauen. Ich kehre zum Raumschiff zurück, ziehe den Pyjama an und lege mich hin. Ich beschließe, mich für den Rest des Tages auszuruhen. Um die Zeit zu nutzen, lese ich mich systematisch durch die sogenannte zeitgenössische spanische Literatur, die auf diesem Planeten wie anderswo einen glänzenden Ruf genießt.

13.30 Ich beende die Lektüre von *Bertoldo, Bertoldino und Cacasenno*. Es ist nach wie vor bewölkt, aber es hat aufgehört zu regnen. Ich beschließe, in die Stadt zu fahren. Ich will ein für alle Mal die leidige Sache mit dem Geld lösen. Zwar ist noch etwas übrig von dem, was ich gestern mit dem Dauerlos gewonnen habe, aber ich wäre gern finanziell sorgenfrei, solange ich hier auf der Erde bin.

13.50 Zehn Minuten vor Schalterschluss materialisiere ich mich in einer Filiale der Sparkasse von Sierra Morena und bringe meinen Wunsch zum Ausdruck, ein Konto eröffnen zu wollen. Um vertrauenswürdig zu wirken, habe ich die Gestalt von S. H. Papst Pius XII. angenommen, Gott hab ihn selig.

13.52 Der Mitarbeiter am Schalter reicht mir ein Formular, das ich ausfülle.

13.55 Der Mitarbeiter am Schalter lächelt und erklärt mir, dass die Bank über unterschiedliche Kontomodalitäten verfügt (Depot-Konto, Einlage-Konto, Da-müssen-wir-durch-Konto, Selber-doof-wer-das-liest-Konto usw.). Sollte meine Einlage in bar einen gewissen Umfang aufweisen, werde die jeweilige Modalität mir einen größeren Ertrag, bessere Verfügbarkeit, mehr Steuervorteile sichern, sagt er. Ich erwidere, dass ich gern ein Konto mit fünfundzwanzig Peseten eröffnen würde.

13.57 Der Mitarbeiter am Schalter hört auf zu lächeln, hört auf, mir Dinge zu erklären, und lässt, wenn mich meine Ohren nicht täuschen, einige Winde fahren. Anschließend tippt er eine Weile auf einer Tastatur herum.

13.59 Das Konto ist eröffnet. Eine Sekunde vorm Schließen des täglichen Transaktionsfensters gebe ich dem Computer die Anweisung, dem Saldo meines Kontos vierzehn Nullen hinzuzufügen. Erledigt. Ich verlasse die Bank. Die Sonne scheint herauskommen zu wollen.

14.30 Vor einem Fischlokal bleibe ich stehen. Ich weiß, dass die Menschen an Orten wie diesem einen guten Geschäftsabschluss feiern, und will es ihnen aus gleichen Gründen nachtun. Fischlokale zeichnen sich dadurch aus, dass sie a) mit Angelgeräten dekoriert sind (das ist das Wichtigste) und b) in ihnen so etwas wie Telefone mit Beinen und andere Tiere verzehrt werden, die Schmecken, Sehen und Riechen gleichermaßen beleidigen.

14.45 Nach kurzem (fünfzehnminütigem) Zögern und weil ich es sowieso hasse, allein zu essen, beschließe ich, die Fischlokalfeier zu verschieben, bis ich Gurb gefunden habe. Bevor ich die disziplinarischen Maßnahmen gegen ihn zur Anwendung bringe, werden wir erst einmal das Wiedersehen mit einem großen Gelage feiern.

15.00 Jetzt, wo ich über Geld verfüge, beschließe ich, mich im Stadtzentrum umzusehen und seine berühmten Geschäfte aufzusuchen. Es ist weiterhin bewölkt, doch vorerst scheint das Wetter zu halten.

16.00 Ich betrete eine Boutique. Ich kaufe eine *Krawatte* und probiere sie an. Ich finde, sie steht mir, also kaufe ich vierundneunzig *Krawatten* des gleichen Typs.

16.30 Ich betrete einen Sportartikelladen. Ich kaufe eine Taschenlampe, eine Trinkflasche, einen Campingkocher, ein Barça-Trikot, einen Tennisschläger, eine komplette Windsurfausrüstung (in fluoreszierendem Rosa) und dreißig Paar Joggingschuhe.

17.00 Ich betrete eine Metzgerei und kaufe siebenhundert Pata-Negra-Schinken.

17.10 Ich betrete einen Gemüseladen und kaufe ein halbes Kilo Karotten.

17.20 Ich betrete ein Autohaus und kaufe einen Maserati.

17.45 Ich betrete einen Haushaltswarenladen und kaufe ihn leer.

18.00 Ich betrete einen Spielzeugladen und kaufe ein Supermankostüm, hundertzwölf Barbie-Höschen und einen Kreisel.

18.30 Ich betrete einen Weinladen und kaufe fünf Flaschen 52er *Baron Mouchoir Moqué* und eine Acht-Liter-Korbflasche des Tischweins *El Pentateuco*.

19.00 Ich betrete einen Juwelierladen, kaufe eine goldene Rolex, die wasserfest, antimagnetisch und stoßfest ist, und zertrümmere sie an Ort und Stelle.

19.30 Ich betrete einen Parfümladen und kaufe fünfzehn Flaschen *Eau de Ferum*, das gerade neu herausgekommen ist.

20.00 Ich beschließe, dass Geld nicht glücklich macht, und dematerialisiere alles, was ich gekauft habe.

Anschließend setze ich meinen Weg mit den Händen in den Hosentaschen und leichten Mutes fort.

20.40 Als ich über die Ramblas schlendere, ziehen Regenwolken auf, und es donnert: Offensichtlich ist eine Störung mit elektrischen Entladungen im Anzug.

20.42 Wegen meiner verdammten Radioaktivität werde ich von drei Blitzen getroffen. Die Gürtelschnalle und der Reißverschluss des Hosenschlitzes schmelzen. Die Haare richten sich mir auf, keine Chance, sie irgendwie zu bändigen: Ich sehe aus wie ein Stachelschwein.

20.50 Ich bin noch immer elektrisch aufgeladen. Beim Versuch, einen Guía del ocio zu kaufen, setze ich den Kiosk in Brand.

21.03 Vereinzelt fallen Tropfen, und als es schon den Anschein hat, dass es dabei bleibt, schüttet es plötzlich so heftig, dass die Ratten aus den Gullys kommen und vorsichtshalber auf das Kolumbus-Denkmal klettern. Ich rette mich in eine Spelunke.

21.04 Ich bin in der Spelunke. Salchichones, Longanizas, Chistorras und andere Stalaktiten träufeln ihr Fett auf die Stammgäste, bestehend aus sieben oder acht Personen biologisch unterschiedlichen, wenn auch nicht sichtbaren Geschlechts, mit Ausnahme eines Mannes, der beim Verlassen des stillen Örtchens vergessen hat, seinen Piepmatz wieder wegzustecken. Wenn die Tür aufgeht, bildet sich ein Luftwirbel, der die Fliegen vertreibt. Dann kann man an einer der Wände einen Spiegel sehen, in dessen linker oberer Ecke, mit Kreide geschrieben, die Ergebnisse des Spieltags vom 6. März 1958 zu lesen sind.

21.10 Da ich nach dem Sturzregen bis auf die Knochen durchnässt bin, bestelle ich ein Glas Wein. Um mich aufzuwärmen. Mit einem Zahnstocher versuche ich eine Tapa aufzuspießen, doch zu meiner Überraschung krabbeln die Tapas über den Tresen davon.

21.30 Um mir die Zeit zu vertreiben, lausche ich den Gesprächen der Stammgäste. Unverschlüsselt ist die Sprache der Menschen mühsam und kindisch. Für sie ist ein einfacher Satz wie dieser:
109328745108y34-19«poe8vhqa9enfo87qjnrf-o9aqsd
nfñ9q8w3r4v21dfkf=q3wy oiqwe=q3u 109=85349192
6rn1nfp24851iro9348413k8449f385j9t82 = 34 ut t2e
gu-34851mfkfg-231lfgklwhgqoi2ui34 756=13ir2487-
2349r20i45u62-34 852-9238v43 597 46 82 = 3t984589
672394ut945 467 = 2-3tugywoit = 238tej 93 46 7523fiw
uy6-23f3yt-238984rohg-2343ijn87b8b7ytgyt65437
6687by79
(Ich hätte gern neun Kilo Rüben)
unverständlich. Folglich reden sie lange und laut,

unter Zuhilfenahme von schrecklichen Gesten und Grimassen. Selbst so ist ihre Ausdrucksfähigkeit extrem beschränkt, außer auf dem Gebiet der Blasphemie und des Schimpfworts, und ihre Redebeiträge strotzen nur so vor Amphibolien, Anakoluthen und Polysemien.

21.50 Während ich über diesen Punkt sinniere, schenkt mir der Kellner immer wieder nach. Ehe ich mich versehe, habe ich einen halben Liter Rotwein intus. Ich analysiere die chemische Zusammensetzung des Weins (einhundertsechs Elemente, keines davon aus der Traube gewonnen), doch als ich bei Trinitrotoluol anlange, gebe ich die Recherche auf. Der Kellner schenkt mir erneut nach.

22.00 Ich lache ohne Grund. Der Stammgast neben mir fragt mich, ob mir seine Nase nicht passe. Ich erkläre ihm, dass ich nicht über ihn lache, sondern über einen Quatsch, der mir plötzlich in den Sinn gekommen sei, einfach so. Weil meine Erklärung etwas wirr geraten ist, vor allem deshalb, weil ich einige Sätze unverschlüsselt geäußert habe, wenden sich mir die Blicke der übrigen Stammgäste zu.

22.05 Ein Stammgast (nicht der, dessen Nase mir angeblich nicht passt, sondern ein anderer) deutet mit dem Zeigefinger auf mich, tippt mir dabei auf die Nasenspitze und sagt, mein Gesicht komme ihm bekannt vor. Dass er mich äußerlich (wie innerlich) als Heiligen Vater wiedererkannt hat, beweist mir, dass er ein frommer und folglich vertrauenswürdiger Mensch ist. Ich sage, dass er sich irren muss, und um seine Aufmerksamkeit und die aller anderen von mir abzulenken, gebe ich eine Runde aus. Meine Spendierfreude veranlasst den Kellner, uns frisch gekochte Kutteln zu empfehlen, die zum Fingerabschlecken seien. Ich lege ein paar Scheine auf den Tresen (fünf Millionen Peseten) und sage, her mit den Kutteln, am Geld solle es nicht scheitern.

22.12 Der fromme Stammgast sagt, nee, nee, ich hätte schon den Wein bezahlt, die Kutteln gingen auf ihn, das wäre ja noch schöner. Die Kutteln seien meine Idee gewesen, beharre ich, folglich sei es nur fair, dass ich sie auch bezahle.

22.17 Eine Frau (ebenfalls Stammgast), die gerade eine Flasche Anislikör gekippt hat, mischt sich ein und schlägt vor, nicht länger zu streiten. Sie greift sich in den Ausschnitt, holt eine Handvoll schmutziger, zerknitterter Scheine hervor und wirft sie auf den Tresen. Ein weiterer Stammgast glaubt, es wären die Kutteln, und stopft sich vier auf einmal in den Mund. Die Frau besteht darauf, dass alles auf sie gehe. Der fromme Stammgast erwidert, er lasse sich von einer Frau nicht einladen, sonst heiße es noch, er habe keinen Arsch in der Hose.

22.24 Weil trotz all des Traras die Kutteln nicht kommen, hämmere ich mit dem Aschenbecher auf den Tresen, um der Bestellung Nachdruck zu verleihen. Ich zerbreche den Aschenbecher und haue ein Loch in den Marmor des Tresens. Der Kellner serviert Wein. Ein Stammgast, der bis dahin stumm dagesessen hat, kündigt an, er gebe jetzt ein paar Soleares zum Besten. Mit viel Gefühl singt er ein Lied mit dem Titel 1092387nqfp983j41 093 *(Kommsumirsurück, Fliddchen)*, und wir klatschen alle in die Hände und rufen *ele, ele* (7v5, 7v5). Der fromme Stammgast sagt, es sei ihm endlich wieder eingefallen, er wisse jetzt, wer ich sei: Jorge Sepúlveda.

22.41 (circa) Um seinen Kummer hinauszuschreien, reißt der singende Stammgast den Mund so weit auf, dass ihm die dritten Zähne in die Schüssel mit den Fleischbällchen fallen. Als er die Hand hineinsteckt, um das Gebiss herauszufischen, schlägt ihm der Kellner mit einem Laib Kugelkäse auf den Kopf und sagt, jetzt sei aber mal gut, in dieser Woche habe er mit dem Dritte-Zähne-Trick schon acht Fleischbällchen gemopst, er sei kein (nicht zu verstehen) und stelle sie ihm in Rechnung. Der gerügte Sänger erwidert, er habe es nicht nötig, in dieser Spelunke Fleischbällchen zu mopsen, er sei in Paris der *König der Copla* gewesen, für ihn sei immer ein Tisch im *Maxim's* reserviert. Als Antwort schenkt ihm der Kellner bloß Wein nach.

23.00 oder 24.00 Der Typ, dessen Nase mir angeblich nicht passt, setzt uns darüber in Kenntnis, dass mal was ganz Großes aus ihm hätte werden können, es habe ihm nämlich nie an Ideen gemangelt und an der nötigen Entschlossenheit, sie zu verwirklichen, auch nicht. Aber es hätten sich immer drei Dinge gegen ihn verschworen und den Erfolg verhindert, und zwar: a) Pech, b) sein Hang zu Wein, Glücksspiel und Frauen und c) der Groll mächtiger Leute, deren Namen er lieber nicht nenne. Die Frau, die sich vorhin die Moneten aus dem Vorbau gezogen hat, springt auf und sagt, mitnichten und mitneffen, die wahren Gründe, warum der Typ so sei, wie er sei, wären: a) Faulheit, b) Faulheit und c) Faulheit. Sie habe diese Lügenmärchen allmählich satt.

??.?? Endlich kommen die Kutteln aus der Küche, auf eigenen Beinen. Die alte Vettel sagt, sie sei die Einzige, die sich was auf sich einbilden könne, schließlich sei sie bis vor kurzem ein Prachtweib gewesen, bekannt im ganzen Viertel unter dem Namen *Die Bombe von Oklahoma*. Wenn sie inzwischen etwas fertig aussehe, dann liege das nicht am Alter, sondern habe andere Gründe, nämlich: a) ihren maßlosen Hang zu weißen Bohnen, b) die Prügel, die sie von Männern bezogen habe, und c) die etwas stümperhafte Schönheitsoperation eines gewissen Kassenarztes, dessen Namen sie lieber nicht erwähne. Anschließend bricht sie in Tränen aus. Ich gehe zu ihr und sage, sie solle nicht weinen, für mich sei sie die schönste Frau, die ich je gesehen hätte, und ich würde sie vom Fleck weg heiraten, könne aber nicht, weil ich ein Außerirdischer sei und nur auf der Durchreise zu anderen Galaxien, woraufhin sie erwidert, das würden alle zu ihr sagen. Der Kerl, dessen Nase mir angeblich nicht passt, sagt zu ihr, sie solle aufhören, die (unverständlich) zu spielen, worauf sie erwidert (schlagfertig erwidert), sie lasse sich auch vom größten (unverständlich) Sohn nicht den Mund verbieten, sie rede, wie ihr der Schnabel gewachsen sei, capito? Da gehe ich zu dem Kerl, der ihr blöd gekommen ist, und haue ihm eine in die (unverständlich), vielleicht auch jemand anderem, aber das ist mir egal, und ich sage allen, meiner Freundin komme keiner blöd.

Tiefe Nacht. Der, der sich gerade eine von mir gefangen hat, rappelt sich vom Boden auf, packt mich an den Ohren und dreht mich durch die Luft wie einen Ventilator. Der Sänger nutzt den Vorfall und stopft sich eine Handvoll Fleischbällchen in den Mund. Der Kellner rammt ihm die Bratpfanne in den Bauch und zwingt ihn so, die Fleischbällchen (oder etwas Fleischbällchenartiges) an seinen Ursprungsort zurückzubefördern. Die Polizei tritt ein und schwingt die Knüppel. Ich kann einem der Polizisten den Knüppel entreißen und schlage damit auf den anderen Polizisten oder denselben Polizisten ein. Die Situation läuft etwas aus dem

Ruder. Ich beschließe, mich zu dematerialisieren, doch ich bringe die Formel durcheinander und dematerialisiere stattdessen zwei Imbissbuden an der Moll de la Fusta. Wir werden aufs Revier gebracht.

TAG 13

08.00 Ich werde dem Señor Kommissar vorgeführt. Der Señor Kommissar teilt mir mit, dass meine Saufkumpane ausgesagt hätten, während ich meinen *Rausch* ausgeschlafen habe, und dass alle übereinstimmend mich als alleinigen Störenfried benannt hätten. Somit war ihre Unschuld bewiesen, und alle wurden auf freien Fuß gesetzt. Inzwischen sitzen sie wahrscheinlich schon wieder in der Spelunke und haben mich vergessen. Ich fühle mich dermaßen verlassen, dass ich mich ohne mein Dazutun in Paquirrín verwandle. Der Señor Kommissar verwarnt mich und ordnet an, mich auf die Straße zu setzen. Was für eine Schande! Und was für Kopfschmerzen!

08.45 Zurück im Raumschiff. Keine Nachricht auf dem Anrufbeantworter. Wiederaufladen, Pyjama.

13.00 Ich bin gerade aufgewacht und fühle mich viel besser. Karges Frühstück. Heute werde ich nichts mehr essen. Ich lese *Dummchen macht Ferien*, *Dummchen im Internat* und *Dummchens erster Ball* hintereinander weg.

15.00 Stromausfall. Mit den Generatoren des Raumschiffs stimmt etwas nicht. Ich mache einen Rundgang durch den Maschinenraum, drücke Knöpfe und lege Hebel um, in der Hoffnung, das Problem zufällig zu lösen, denn von Mechanik habe ich keinen blassen Schimmer. Gurb war dafür zuständig, diesen Mist am Laufen zu halten und gegebenenfalls zu reparieren. Auf dem Rundgang entdecke ich mehrere undichte Stellen und notiere sie auf einem extra Blatt.

16.00 Ich muss etwas gedrückt haben, was ich nicht hätte drücken sollen, denn im Raumschiff macht sich ein unerträglicher Gestank breit. Ich gehe nach draußen und stelle fest, dass ich aus Versehen die Schubrichtung der Turbinen umgekehrt habe. Statt die Energie aus dem Zerfallsprozess von Kadmium und Plutonium nach draußen abzugeben, saugt die Turbine die Kanalisation des Dorfs herein.

16.01 Ich nehme die Gestalt (und die Tugenden) von Admiral Yamamoto an und versuche, das Raumschiff mit einem Eimer zu reinigen.

16.15 Ich gebe auf.

16.17 Ich verlasse das Raumschiff. Für den Fall, dass Gurb während meiner Abwesenheit zurückkommen sollte, klemme ich folgende Nachricht an die Tür: Gurb, ich musste das Raumschiff (ehrenhaft) verlassen. Wenn du kommst, gib in der Dorfkneipe Bescheid (Señor Joaquín oder Señora Mercedes), wo ich dich finden kann.

16.40 Ich materialisiere mich in der Dorfkneipe. Ich sage Señora Mercedes (Señor Joaquín hält gerade Siesta), sie solle es bitte aufschreiben, wenn ein Wesen, *egal in welcher Gestalt* und selbst ohne Gestalt, nach mir fragt. Dann werde ich kommen. Mehr kann ich nicht tun.

17.23 Ich begebe mich mit einem öffentlichen Transportmittel namens FGC in die Stadt. Im Gegensatz zu anderen Lebewesen (zum Beispiel dem Kohlgallenrüssler), die sich stets auf die gleiche Art und Weise fortbewegen, benutzen Menschen eine Vielzahl von Fortbewegungsmitteln, die alle miteinander wetteifern, welches das langsamste, unbequemste und stinkendste ist, wobei in letzterer Kategorie meist die Füße und gelegentlich auch ein Taxi das Rennen machen. Das Übel namens U-Bahn wird vor allem von Rauchern benutzt, Busse meist von Personen in fortgeschrittenem Alter, die gerne Purzelbäume schlagen. Für größere Entfernungen gibt es sogenannte *Flugzeuge*, eine Art Busse, die sich dadurch antreiben, dass sie Luft aus den Reifen ausstoßen. Auf diese Weise erreichen sie die unteren Schichten der Atmosphäre und halten sich dort mit Hilfe des Heiligen, dessen Namen auf dem Rumpf steht (Teresa von Avila, Ignatius von Loyola usw.). Auf längeren Reisen zeigen die Passagiere des *Flugzeugs* sich zum Zeitvertreib gegenseitig ihre Strümpfe.

18.30 Ich muss mir einen Platz zum Übernachten suchen, denn nichts garantiert mir, dass nicht wieder so ein stürmischer Platzregen niedergeht wie gestern. Oder Hagel. Andererseits lehrt mich meine Erfahrung auf den Straßen der Stadt, dass es auch bei wolkenlosem Himmel nicht ratsam ist, sich länger als unbedingt nötig auf selbigen aufzuhalten.

19.30 Ich klappere schon seit einer Stunde Hotels ab. In der ganzen Stadt ist kein einziges Zimmer frei, weil, wie man mir erklärt, gerade ein Symposium über neue Techniken zur Füllung von Pimientos de Piquillo stattfindet und dafür Experten aus aller Welt angereist sind.

20.30 Nach einer weiteren Stunde Sucherei und einer gewissen Übung in der Kunst des Trinkgeldgebens gelingt es mir, ein Zimmer mit Bad und Aussicht auf eine öffentliche Baustelle von gewissem Umfang zu ergattern. Mit Hilfe eines Megaphons versichert mir der Portier, dass die Bohr- und Abrissarbeiten nachts ruhen.

21.30 In einem Lokal in der Nähe des Hotels bestelle und verzehre ich einen Hamburger. Es ist ein

Konglomerat aus Bestandteilen unterschiedlicher Tiere. Eine oberflächliche Analyse ergibt Anteile von Ochse, Esel, Dromedar, Elefant (asiatischer wie afrikanischer), Mandrill, Gnu und Riesenfaultier. Enthalten ist auch ein geringer Prozentsatz von Schmeißfliege und Libelle, ein halber Badmintonschläger, zwei Schraubenmuttern, Kork und etwas Kies. Zum Abendessen trinke ich eine große Flasche Zumifot.

22.20 Ich schlendere zum Hotel zurück. Der Abend ist mild und duftet. Temperatur: 21 Grad. Relative Luftfeuchtigkeit: 63 Prozent. Leichte Brise. See: spiegelglatt. Auf der Suche nach Gesellschaft setze ich mich an die Bar des Hotels. In der Bar ist nur der Barkeeper, der den Cocktailschwenker zum Gurgeln benutzt. Ich bitte um den Zimmerschlüssel und ziehe mich zurück.

22.30 Ich ziehe den Pyjama an und schaue ein wenig lokales Fernsehen.

22.50 Ich gehe ins Bett und lese die Memoiren von Don Soponcio Velludo: *Vierzig Jahre im Katasteramt von Albacete.*

24.00 Die Straßenbauarbeiten hören auf. Ich spreche meine Gebete und mache das Licht aus. Noch immer nichts Neues von Gurb.

02.27 Ohne ersichtlichen Grund explodiert die Minibar. Ich brauche eine halbe Stunde, bis ich alle Fläschchen wieder eingesammelt habe.

03.01 Aufgrund der Straßenbauarbeiten ist ein Gasleck entstanden. Die Hotelgäste werden über die Feuerleiter evakuiert.

04.00 Nach der Reparatur des Lecks kehren die Hotelgäste in ihre Zimmer zurück.

04.53 In der Hotelküche brennt es. Die Hotelgäste werden über die Haupttreppe evakuiert, weil die Feuerleiter in Flammen steht.

05.19 Die Feuerwehr trifft ein. Im Nu ist der Brand gelöscht. Die Hotelgäste kehren in ihre jeweiligen Zimmer zurück.

06.00 Die Bagger nehmen ihre Arbeit auf.

06.05 Ich begleiche die Hotelrechnung und gebe das Zimmer frei. Übernommen wird es von einem Handelsreisenden für Ernährungsprodukte, der die Nacht im Freien verbracht hat. Er erzählt mir, dass es der Firma, für die er arbeitet, gelungen ist, Hühner *ohne Knochen* zu züchten, wodurch sie sich bei Tisch einer großen Beliebtheit erfreuen, allerdings zum Preis einer gewissen Plumpheit in lebendem Zustand.

TAG 14

07.00 Ich materialisiere mich in der Bar von Señora Mercedes und Señor Joaquín, als Señora Mercedes gerade den Metallrollladen hochzieht. Ich helfe ihr, die Stühle runterzunehmen, die Señor Joaquín am Vorabend auf die Tische gestellt hat, damit sich das Lokal leichter fegen lässt. Niemand habe nach mir gefragt, sagt er. Ich lege ihm noch einmal ans Herz, die Augen offenzuhalten. Er macht mir ein Auberginenomelette (mein Lieblingsomelette). Dazu esse ich zwei Scheiben Brot mit Tomate, trinke ein gezapftes Bier und blättere in der Morgenzeitung. Offenbar steht die Aufstellung der Nationalmannschaft für das Spiel gegen Italien jetzt fest: Zubizarreta, Chendo, Alkorta, Sanchis, Rafa Paz, Villarroya, Michel, Martín Vázquez, Roberto Salinas, Butragueño, Bakero. Was für ein Team! Ich gehe aufmerksam die Anzeigen für Mietwohnungen durch. Sieht schlecht aus. Also lieber kaufen.

09.30 Ich materialisiere mich bei einem Immobilienmakler. Um einen guten Eindruck zu machen, habe ich die Gestalt des Herzogs *und* der Herzogin von Kent angenommen. Ich werde in einen Raum geführt, wo bereits mehrere Personen warten.

09.50 In *¡Hola!* lese ich eine Reportage über die Hochzeit eines gewissen Baudouin und einer gewissen Fabiola. Ich stelle fest, dass es sich um eine ältere Ausgabe handelt.

10.00 Eine junge Frau betritt den Raum und teilt uns in drei Gruppen ein: a) diejenigen, die eine Wohnung kaufen wollen, um darin zu *wohnen*, b) diejenigen, die eine Wohnung kaufen wollen, um Schwarzgeld zu waschen, und c) diejenigen, die eine Wohnung in der Villa Olímpica kaufen wollen. Ein Paar mit einem Säugling und ich bilden die Gruppe a).

10.15 Die Mitglieder der Gruppe a) werden in ein schlichtes Büro geführt. An den Tisch setzt sich ein Mann mit weißem Bart, der Vertrauenswürdigkeit ausstrahlt. Er erklärt uns, dass die Konjunktur schwierig sei, es mehr Nachfrage als Angebot gebe und dass wir uns keine falschen Hoffnungen machen sollten. Er legt uns nahe, nicht auf das trügerische Binom Preis-Leistung zu setzen, und erinnert uns daran, dass das Leben ein hochpreisiges Tränental sei. Mitten in seinen Darlegungen löst sich sein falscher Bart. Er wirft ihn in den Papierkorb.

11.25 Ich besuche die Wohnung, die ich gerade gekauft habe. Sie ist nicht schlecht. Die Küche und die Bäder müssen neu gemacht werden, aber das schreckt mich nicht, weil ich sowieso nicht kochen kann und *nie* dusche. Freudig stelle ich fest, dass es im Schlafzimmer einen großen Einbauschrank gibt. Ich betrete den Einbauschrank. Er setzt sich plötzlich in Bewegung. Enttäuschung: Es ist der Fahrstuhl.

14.50 Ich erhalte die Bewohnbarkeitsbescheinigung, melde Wasser, Gas, Strom und Telefon an, schließe eine Brandschutz- und Diebstahlversicherung ab, zahle die Grundsteuer.

16.30 Ich kaufe ein Bett, ein Schlafsofa (für Gäste), eine Couchgarnitur, eine Anrichte, einen Tisch und Stühle. Temperatur: 21 Grad. Relative Luftfeuchtigkeit: 60 Prozent. Leichter Wind. See: leicht bewegt.

17.58 Ich kaufe Besteck und Geschirr.

18.20 Ich kaufe bequeme Klamotten und Gardinen.

19.00 Ich kaufe Staubsauger, Herd, Mikrowelle, Dampfbügeleisen, Toaster, Fritteuse, Föhn.

19.30 Ich kaufe Waschmittel, Weichspüler, Poliermittel, Glasreiniger, Besen, Scheuerlappen, Spülschwamm, Fensterleder.

20.30 Ich richte mich zu Hause ein. Ich lasse mir eine Pizza und eine Familienflasche Zumifot liefern. Ich ziehe den Pyjama an.

21.30 Ich beschließe, (nur heute) auf meine Lektüreliste zu verzichten, und lege mich mit dem Krimi einer englischen Schriftstellerin ins Bett, die sich bei den Menschen einer großen Beliebtheit erfreut. Die Handlung ist denkbar schlicht. Eine Person, die wir der Einfachheit halber A nennen werden, wird tot in der Bibliothek aufgefunden. Eine weitere Person, B, versucht zu erraten, wer A getötet hat und warum. Nach einigen Vorgängen, die jeglicher Logik entbehren (man hätte nur die Formel 2(x2-r)n+[±, 53]0 anwenden müssen, schon wäre der Fall gelöst gewesen), behauptet B (irrtümlich), C sei der Mörder. So endet das Buch zu aller Zufriedenheit, einschließlich der von C. Ich weiß nicht, was ein *Butler* ist.

01.30 Ich spreche meine Gebete und lege mich schlafen. Noch immer nichts Neues von Gurb.

04.17 Ich wache auf und kann nicht wieder einschlafen. Ich stehe auf und gehe in meiner neuen Wohnung umher. Etwas fehlt, aber ich weiß nicht, was.

05.40 Von Müdigkeit übermannt, schlafe ich wieder ein, ohne das quälende Rätsel gelöst zu haben.

06.11 Ich schrecke aus dem Schlaf. Jetzt weiß ich, was fehlt, damit die Wohnung wirklich gemütlich wird. Werde ich eine Frau finden, die ihr Leben mit mir teilen will?

TAG 15

07.00 Ich helfe Señora Mercedes, den Metallrollladen der Kneipe hochzuziehen und die Kaffeemaschine in Gang zu setzen. Señor Joaquín schnarcht, dass die Wände wackeln. Señora Mercedes lässt kein gutes Haar an ihm. Sie hebt den Unterschied hervor zwischen Señor Joaquín, den sie eine *Nulpe* nennt, und einem Mann wie mir, der früh aufsteht, fleißig und zuverlässig ist. Ich frage sie, ob ich ihrer Meinung nach leicht eine Freundin finden würde. Sie fragt zurück, ob ich ernste Absichten hätte oder nur meinen Spaß haben wolle. Ernsthafte Absichten natürlich, sage ich mit Nachdruck. In dem Fall, sagt sie, würden die Frauen Schlange stehen. Sie versichert, ich müsse nur meine *Fühler ausstrecken*. Um das Thema zu wechseln, frage ich, ob jemand mir eine Nachricht hinterlassen habe, woraufhin sie nickt. Mir hüpft das Herz. Womöglich etwas Neues von Gurb?

09.15 Señora Mercedes bringt mein Auberginenomelette und mein Bier und eine verschlüsselte Nachricht. Enttäuschung: Sie ist nicht von Gurb, sondern vom Obersten Weltraumrat, Abteilung F, im Sternbild des Antares. Ich beschließe, die Nachricht erst einmal beiseitezulegen. Ich esse das Omelette und trinke das Bier.

09.30 Ein Rülpserchen.

09.35 Ich schließe mich auf der Herrentoilette ein, um die Nachricht in aller Ruhe zu entschlüsseln.

09.55 Das Entschlüsseln ist gar nicht so einfach. Ein Stammgast in Not hämmert an die Tür.

10.40 Nachricht entschlüsselt. Der Oberste Rat möchte wissen, warum Luisito Suárez nicht Luis Milla nominiert hat. Unmöglich zu beantworten ohne das Instrumentarium, das ich im Raumschiff zurückgelassen habe.

11.00 Ich fahre mit der U-Bahn nach Hause. Unterwegs schaue ich mir die Frauen an, die ein- und aussteigen. Es ist gar nicht so einfach, eine auszusuchen, weil es ja bedeutet, dass man auf alle anderen verzichten muss, und meine Vorlieben sind breit gefächert.

13.00 Ich beschließe, das Thema auf heute Nachmittag zu verschieben.

15.00 Aus methodischen Gründen beschließe ich, die Schwierigkeiten in drei Gruppen einzuteilen: a) biologische Schwierigkeiten, b) psychologische

Schwierigkeiten, c) praktische Schwierigkeiten. All diese Schwierigkeiten scheinen mir unüberwindlich.

15.30 Einige nützliche Erläuterungen: Das männliche Reproduktionsorgan besteht aus zwei Teilen namens oberer Kammer und unterer Kammer. Letztere besitzt einen Fortsatz oder Stiel namens Pons.

17.05 Ich gehe runter zum Kiosk und erwerbe den Playboy-Kalender. Ich verstecke den Playboy-Kalender in meinem Sakko und gehe schnell wieder rauf in die Wohnung.

17.15 Ich frage mich, ob die eigentümliche Anatomie der Frauen, die auf den Fotos des Playboy-Kalenders zu sehen sind, einem Luftdruck von neunzigtausend Atü standhalten würde.

19.00 Ich verwende einen Großteil des Abends darauf, mich in allerlei Zeitschriften und Benimmbüchern zu diesem Thema schlauzumachen: Frage: Wann muss ein Herr einer Dame Respekt erweisen? Antwort: Wenn sie sich durch ihre moralischen Qualitäten, ihre gesellschaftliche Stellung, ihre züchtige Kleidung und ihre persönliche Hygiene dafür qualifiziert. In allen anderen Fällen ist der Rückgriff auf Gewalt eine Option. Weitere Details, die ich mir merken muss: Wann sollte man bei einer Beerdigung Blumen schicken und wann *nicht*?

Wann ist Duzen angebracht? Zu welchen Anlässen trägt man Hut, Handschuhe und Stock. Achtung Weihwasserbecken: ein heikler Moment. Wie isst man belegte Brötchen, Canapés und Petits Fours? Immer schön auf die Haltung achten!

20.00 Ich probiere vor dem Spiegel mögliche Gestalten aus. Bei Frauen muss man *was hermachen*, der erste Eindruck zählt. Manuel Orantes, Viriathus, Giorgio Armani, Eisenhower.

20.30 Ich beschließe, einen Spaziergang zu machen, um den Kopf freizukriegen. Temperatur: 18 Grad. Relative Luftfeuchtigkeit: 56 Prozent. Leichte Brise. See: spiegelglatt.

20.55 Wenige Städte auf der Erde können sich eines derartig vielfältigen Kulturangebots rühmen wie Barcelona. Leider richten sich die Anfangszeiten der Vorstellungen nicht immer nach den Bedürfnissen der Bürger. Zum Beispiel tritt der Orca Ulises immer nur morgens auf. Zum Glück hat es mich zufällig auf die Ramblas verschlagen, wo gleich die Show des Liceo beginnt.

23.30 Das Liceo ist zweifellos das *beste* Theater Spaniens und eines der ersten Häuser in Europa. Es grassiert allerdings eine endemische Finanzkrise, unter der häufig die Qualität der musikalischen Darbietung leidet. Heute Abend konnten, wie korrekterweise im Programmheft angegeben, Orchester und Chor wegen ausstehender Gehaltszahlungen nicht auftreten. Die Ingenieurskapelle, die für sie eingesprungen ist, hat ihr Menschenmögliches versucht. Trotzdem ist der *Boris Godunow* etwas blass geraten.

24.00 Ich kehre nach Hause zurück. Noch immer nichts Neues von Gurb. Pyjama, Zähne, Lieber Gott, nun schlaf ich ein, und Licht aus.

TAG 16

07.00 Ich helfe Señor Joaquín, den Metallrollladen hochzuziehen und die Stühle aufzustellen. Ich verteile auf dem Tresen Serviettenschachteln und ein paar halbdurchsichtige Zylinder mit Strohhalmen, die man nicht ohne Mühe durch ein ins obere Ende des Apparats gebohrtes Loch herausziehen kann. Während ich arbeite, frage ich nach Señora Mercedes, die ich zu meiner Verwunderung heute nicht auf ihrem Posten sehe. Señor Joaquín erklärt mir, dass seine Frau, auch Señora Mercedes genannt, eine schreckliche Nacht gehabt habe und in aller Herrgottsfrühe zur Poliklinik gefahren sei. Sie fürchte, dass sich mal wieder ein *Stein* gebildet habe. Ich wünsche eine baldige und vollständige Genesung. Heute, statt Auberginenomelette, Brot mit Tomate und Fuet. Ich frage: Hat jemand eine Nachricht für mich hinterlassen? Nein, niemand hat eine Nachricht für mich hinterlassen.

09.00 Ich blättere die Presse durch und erörtere sie mit der Kundschaft, die nach und nach eintrudelt. Allgemeine Besorgnis wegen der Sache mit Salou und Vilaseca. Ein Kunde in gewissem Alter erinnert an den zu trauriger Berühmtheit gelangten Polnischen Korridor und seine unseligen Folgen. Ein anderer weist darauf hin, dass gerade die Existenz von Atomwaffen einen Krieg undenkbar mache, auch wenn die beiden Gemeinden sich spinnefeind seien. Noch eine Meinung: Menschen sind zu allem fähig. Noch eine: Die Waffen lädt der Teufel.

09.10 Señora Mercedes kommt mit dem Taxi, blass, aber lächelnd. Bis zur Auswertung der Röntgenaufnahmen, die morgen erfolgen sollen, ist die Diagnose optimistisch: Vielleicht ist es nur ein kleines Steinchen. Sie möchte abspülen, aber wir verbieten es ihr. Was sie jetzt brauche, sei Ruhe, Ruhe, Ruhe. Ich binde mir die Schürze um und spüle die Teller, Tassen und Gläser. Zwei mache ich kaputt.

10.00 Ich kehre nach Barcelona zurück. Die Frauen, die in der U-Bahn sitzen, sehen wirklich *zum Anbeißen* aus. Ich will mehrere ansprechen, aber ich traue mich nicht. Ich will nicht, dass sie mich für einen *Frechdachs* halten.

11.00 Ich besichtige die Baustelle des Olympischen Rings, des Nationalpalasts, der zweiten Ringautobahn. Ich spüre ein gewisses Unbehagen in einigen meinungsbildenden Kreisen, weil die Ausgaben, so heißt es, das ursprüngliche Budget weit übersteigen werden. Ganz im Gegensatz zu den Einnahmen. Die Menschen haben einfach nicht gelernt, den Faktor Zeit in ihre Berechnungen einzubeziehen, wodurch diese, egal was sie ergeben, völlig nutzlos sind. Es wäre ein Leichtes, den Fehler zu korrigieren, wenn sie sich dessen bewusst wären. Bis dahin sind sie jedoch nicht imstande, ein so elementares Problem wie folgendes zu begreifen: Wenn eine Birne drei Peseten kostet, wie viel werden drei Birnen im Jahr 3628 kosten? Lösung: 987 365 409 587 635 294 736 489 Peseten. Jedenfalls ist der Fall der Olympischen Bauarbeiten vollkommen uninteressant, denn noch vor dem Jahr 2000 werden die Zentralbanken den Goldstandard aufgegeben und ihn durch den Elgorriaga-Schokolade-Standard in ihren drei Modalitäten ersetzt haben: mit Milch, ohne Milch und mit Mandeln.

15.00 Frittierter Fisch auf der Barceloneta. Whiskytorte, Kaffee, Schnaps und eine Farias. Anschließend nach Hause. Alka-Seltzer.

19.30 Ich wache rechtzeitig auf, um auf TV2 das Basketball-Halbfinale zu schauen. Barça spielt schlecht, extrem nervös, gewinnt aber trotzdem in der letzten Minute. Dem Himmel sei Dank. Temperatur: 22 Grad. Wolkenloser Himmel. Relative Luftfeuchtigkeit: 75 Prozent. See: spiegelglatt.

23.00 Ich gehe auf Kneipentour, um das Terrain zu sondieren. Wenn sich mir eine Gelegenheit bietet, werde ich sie mir nicht entgehen lassen. Bevor ich aufbreche, nehme ich die Gestalt von Frascuelo

Segundo an. Wenn die Frauen *Action* haben wollen, sollen sie *Action* haben.

23.30 Cuba Libre in angesagter Bar Bonanova. FAD-Preis für Innendesign. Wenige Frauen, alle in Begleitung.

00.00 Cuba Libre in angesagter Bar Raval. FAD-Preis für Innendesign (ex aequo). Viele Frauen, alle in Begleitung.

01.00 Cuba Libre in angesagter Bar Pueblo Nuevo. FAD-Preis für Wiederaufwertung von öffentlichem Raum. Keine Frau: Ich habe mich wohl im Lokal geirrt.

01.30 Cuba Libre in angesagter Bar Sants. Finalist beim FAD-Preis für Innendesign. Einzelne Frauen, Männer unerwünscht.

02.00 Cuba Libre in angesagter Bar Hospitalet. Kein Preis. Viele einzelne Frauen. Geiles Ambiente. Live-Musik. Ich klettere auf die Bühne, schnappe mir das Mikro und singe. Der Songtext ist von mir. Ich habe ihn für diesen Anlass geschrieben. Er lautet:
Reiß eine auf, Alter.
Reiß eine auf, Alter.
Reiß eine auf, Alter.
Reiß eine auf, Alter.
Reiß eine auf, Alter.

Wenn du eine aufreißen willst,
Reiß eine auf, Alter.
(zurück zum Refrain)
Reiß eine auf, Alter.
Reiß eine auf, Alter (usw.).
Da ich spüre, dass der Song gut ankommt, singe ich ihn noch mehrmals. Ein paar Muskelprotze kommen auf die Bühne und fordern mich auf, das Lokal zu verlassen. In der letzten Woche hatte ich schon zwei Begegnungen mit den Bullen, also komme ich der Aufforderung lieber nach.

04.21 Ich kotze in eine Blumenrabatte an der Plaza Urquinaona.

04.26 Ich kotze in eine Blumenrabatte an der Plaza Cataluña.

04.32 Ich kotze in eine Blumenrabatte an der Plaza Universidad.

04.40 Ich kotze auf den Fußgängerüberweg an der Kreuzung Muntaner-Aragón.

04.50 Ich halte ein Taxi an. Ich sage dem Fahrer, er soll mich nach Hause bringen. Ich kotze ins Taxi.

TAG 17

11.30 Ich erwache in meinem Bett. Wie ich hierhergekommen bin, weiß ich nicht. Ich trage noch immer die Stierkampftracht, habe aber die Kappe, den Degen und ein Ohr verloren, das man mir verliehen hat, wenn ich mich recht erinnere. Ich versuche aufzustehen, kann aber nicht. Vom Kopf will ich gar nicht erst reden. Ich beschließe, im Bett zu bleiben und zu *faulenzen*. Schließlich ist heute Sonntag, und die Kneipe von Señora Mercedes und Señor Joaquín ist zu. Noch immer nichts Neues von Gurb.

14.00 Ich ziehe mich an und mache einen Spaziergang. Es ist warm, auf der Straße sind nur wenige Leute. Viele Familien sind übers Wochenende aufs Land gefahren, in ihren *Zweitwohnsitz*. Alles ist verschlossen und verriegelt: die Geschäfte natürlich, aber auch die Kneipen und *Restaurants*. Ist mir schnuppe. Bei meinem Magen kann ich sowieso nichts essen.

14.20 Ich entdecke, dass der kleine Sportartikelladen geöffnet hat, der an Werktagen immer gähnend leer ist. Vielleicht macht er deshalb sonntags auf und verleiht Fahrräder. Ich leihe ein Fahrrad. Es ist ein sehr simpel konstruiertes, aber schwer zu steuerndes Gefährt, weil man dafür *beide* Beine gleichzeitig benutzen muss, im Gegensatz zum Gehen, wo man immer ein Bein ruhen lassen kann, während man das andere nach vorne schwingt. Diese Bewegung oder diesen Bruchteil einer Bewegung (je nach Betrachtungsweise) nennt man *auftreten*. Wenn man beim Gehen den linken Fuß rechts vom rechten Fuß aufsetzt und es dann in der nächsten Bewegung oder dem nächsten Bruchteil einer Bewegung andersherum macht, also den rechten Fuß links vom linken Fuß aufsetzt, nennt man das Ergebnis *elegant gehen*.

15.00 Da die Straße steil abfällt, unterteilt sich die Fahrt mit dem Fahrrad in zwei sehr unterschiedliche Phasen, nämlich: a) hinunterfahren, b) hinauffahren. Die erste Phase (hinunterfahren) ist herrlich; die zweite (hinauffahren) eine Qual. Zum Glück ist das Fahrrad an beiden Seiten des Lenkers mit Bremsen ausgestattet. Betätigt man die Bremsen, verhindert man, dass das Fahrrad beim Hinunterfahren immer schneller und irgendwann zu schnell wird. Beim Hinauffahren verhindert man, dass man mit dem Fahrrad rückwärts rollt.

17.30 Ich gebe das Fahrrad zurück. Das Training hat meinen Appetit angeregt. Ich finde eine Churrería, die geöffnet hat, und esse ein Kilo Churros, anderthalb Kilo Buñuelos und drei Kilo Pestiños.

18.00 Ich setze mich auf eine Bank, um zu verdauen. Der Verkehr, der bis jetzt praktisch inexistent war, wird nun dichter. Das liegt daran, dass alle Welt in die Stadt zurückkehrt. Auf den Zufahrtsstraßen bilden sich *Staus*, die sich manchmal zu *langen Staus* ausweiten. Einige dieser Staus, vor allem die erwähnten *langen Staus*, dauern bis zum folgenden Wochenende, daher haben manche Leute (und ganze Familien) das Pech, immerzu vom Land in den Stau und vom Stau aufs Land zu fahren, ohne je die Stadt zu erreichen, in der sie wohnen, mit schwerwiegenden Folgen für die Familienfinanzen und die Schulbildung der Kinder.

Der dichte Verkehr ist eines der größten Probleme der Stadt und folglich eine der größten Sorgen des Bürgermeisters, der Maragall heißt. Dieser Maragall hat bereits mehrfach die ersatzweise Nutzung des Fahrrads als Transportmittel empfohlen und sich für die Zeitung auf solch einem Fahrrad ablichten lassen, wobei er ehrlich gesagt nie den Eindruck vermittelt, sehr weit gefahren zu sein. Vielleicht würden die Leute vermehrt vom Fahrrad Gebrauch machen, wenn die Stadt flacher wäre, aber das lässt sich jetzt kaum noch ändern, weil praktisch alle Flächen zugebaut sind. Eine andere Lösung könnte darin bestehen, dass das Rathaus den Fußgängern in den höher gelegenen Teilen der Stadt Fahrräder zur Verfügung stellt, mit denen diese dann sehr schnell und fast ohne in die Pedale zu treten ins Zentrum gelangen könnten. Im Zentrum könnte dann das Rathaus selbst (oder eine Firma in seinem Auftrag) die Fahrräder auf Lastwagen laden und sie wieder in die höher gelegenen Teile der Stadt fahren. Dieses System wäre relativ kostengünstig. Man müsste im niedriger gelegenen Teil der Stadt allenfalls ein Netz anbringen oder eine Matratze auslegen, um zu verhindern, dass die nicht so geübten oder allzu übermütigen Fahrradfahrer am Ende der Abfahrt ins Meer stürzen. Zu lösen wäre natürlich noch das Problem, wie die Leute, die mit dem Fahrrad ins Zentrum der Stadt hinuntergefahren sind, wieder in den höher gelegenen Teil gelangen, aber dies ist ganz und gar nicht die Aufgabe des Rathauses, weil diese Institution (und auch sonst keine) die Eigeninitiative seiner Bürger nicht hemmen sollte. Noch eine Erfindung von mir: ein chemisches Gemisch oder ein Mechanismus, mit dem man per Druck auf die Bauchbinde eine Zigarre anzünden kann. Temperatur: 21 Grad. Relative Luftfeuchtigkeit: 75 Prozent. Mäßiger Wind. See: spiegelglatt.

19.10 Ich gehe nach Hause. Am Eingang treffe ich auf die Nachbarin aus dem dritten Stock und ihren Sohn. Sie hat das Auto in zweiter Reihe geparkt und lädt Tüten und Pakete aus. Ihr Sohn, der noch zu klein ist, um seiner Mutter zu helfen, sitzt auf dem Bürgersteig und bohrt in seiner kleinen Nase. Die Nachbarin trägt kurze Shorts und ein enges

T-Shirt, zwei Kleidungsstücke, die das Herz eines jeden erfreuen.

19.15 Nachdem ich die Nachbarin eine Weile hinter einem Baum versteckt beobachtet habe, schäme ich mich und biete ihr an, beim Ausladen und Transport der Tüten und Pakete zu helfen. Sie lehnt meine Hilfe ab. Es sei jedes Wochenende die gleiche *Plackerei* und sie sei es schon gewohnt, erklärt sie. Ich bestehe darauf, und sie gestattet mir, eine Plastiktüte mit Wurstwaren zu tragen. Ich frage sie, ob sie sie selbst hergestellt hat. Antwort: Nein, die habe ich in einem kleinen Dorf in der Nähe von La Bisbal gekauft, wo ich eine Wohnung habe. Frage: Und warum essen Sie sie dann hier? Antwort: Ich verstehe die Frage nicht.

19.25 Nach Ausladen der Tüten und Pakete und dem Transport *zum* Fahrstuhl fahren wir *in dem* Fahrstuhl. Ich nutze die Nähe, um die Körpermaße meiner Nachbarin zu bestimmen. Höhe meiner Nachbarin (stehend): 173 Zentimeter. Länge des längsten Haars (Hinterkopf): 47 Zentimeter. Des kürzesten (Oberlippe): 0,002 Zentimeter. Entfernung zwischen Ellbogen und Fingernagel (Daumen): 40 Zentimeter. Entfernung zwischen linkem Ellbogen und rechtem Ellbogen: 36 Zentimeter (in Hab-Acht-Stellung), 126 Zentimeter (Arme in die Hüften gestemmt).

19.26 Wir nehmen die Tüten und Pakete *aus dem* Fahrstuhl und stellen sie auf den Treppenabsatz im dritten Stock. Meine Nachbarin bedankt sich bei mir und fügt hinzu, dass sie mich ja gern hereinbitten würde, aber dass der Junge hundemüde sei. Er müsse noch duschen, zu Abend essen und dann sofort ins Bett, weil morgen Schule sei. Ich wolle ihr auf keinen Fall Umstände machen, sage ich, und wir würden uns ja noch öfter begegnen, schließlich würde ich ja im gleichen Gebäude wohnen. Meine Nachbarin erwidert, das wisse sie schon, die Portiersfrau habe schon von mir erzählt. Ob die Portiersfrau ihr auch von meinem liederlichen Lebenswandel erzählt hat?

20.00 Wegen der netten Begegnung mit der Nachbarin schaffe ich es gerade noch zur Acht-Uhr-Messe. Lange, aber sehr interessante Predigt. Vertraut nicht denen, die euch belügen, vertraut vielmehr denen, die euch *nicht* belügen.

21.30 Als ich bei der Churrería ankomme, werden schon die Rollläden heruntergelassen. Ich kaufe alle Restbestände.

22.00 Ich sehe fern und esse alles, was ich mir mitgebracht habe. Meine Nachbarin gefällt mir eindeutig. Manchmal sucht man in der Ferne, wo das Gute doch so nah ist. So geht es uns Astronauten oft.

23.00 Pyjama, Zähne putzen. Und wenn ich mir ein Motorrad kaufe?

23.15 Ich lese *Ein halbes Jahrhundert Friseurhandwerk in Spanien*, Band I (Republik und Bürgerkrieg).

00.30 Gebete. Noch immer nichts Neues von Gurb.

TAG 18

07.00 Ich materialisiere mich in der Kneipe von Señora Mercedes und Señor Joaquín, wo beide, also Señora Mercedes und Señor Joaquín, den Metallrollladen gerade *herunterlassen*. Was ist denn das nun wieder für eine Änderung der Gewohnheiten? Oder besser gesagt: Was ist denn das nun wieder für eine *Umkehrung* der Gewohnheiten? Erklärung: Señora Mercedes hatte wieder eine schreckliche Nacht, und jetzt begleitet Señor Joaquín sie in die Poliklinik, damit sie untersucht wird. Aus diesem Grund müssen sie ihre Betriebsstätte für die Öffentlichkeit schließen, was bei Señor Joaquín ein *Stirnrunzeln* hervorruft. Ich schlage vor, mich bis zu ihrer Rückkehr um die Kneipe zu kümmern. Señor Joaquín und Señora Mercedes lehnen ab. Sie wollen mir keine Umstände machen. Ich erkläre ihnen, dass es mir keine Umstände macht, ganz im Gegenteil.

07.12 Nach flüchtiger Einweisung in den Betrieb der am häufigsten benutzten Apparate steigen Señor Joaquín und Señora Mercedes in einen Seat Ibiza, der sofort abfährt.

07.19 Ich gehe noch einmal die ganze Betriebsstätte ab und überprüfe das gesamte Instrumentarium. Ich glaube, dass ich alle Apparate in Betrieb nehmen kann, außer einem besonders komplizierten Mechanismus namens Wasserhahn.

07.21 Ich heize die Kaffeemaschine vor, damit die Gäste nicht warten müssen, bis das Wasser heiß wird.

07.40 Aus dem gleichen Grund belege ich auch die Brötchen, aber beim Belegen verputze ich sie selbst.

07.56 Ich entdecke eine Kakerlake auf dem Tresen. Ich versuche, sie mit einer Scheibe gekochtem Schinken zu erschlagen, doch sie flüchtet sich in eine Ritze zwischen Tresen und Spüle. Dort sitzt sie und verspottet mich mit ihren Fühlern. Freu dich nicht zu früh. Massiver Einsatz von Cucal.

08.05 Ich kann die Bierkrüge nirgends finden und trinke direkt aus dem Zapfhahn. Schaum kommt mir aus allen Poren. Ich sehe aus wie ein Lamm.

08.20 Der erste Gast kommt. Lieber Gott, mach, dass er etwas Einfaches bestellt.

08.21 Der erste Gast wünscht mir einen guten Morgen. Ich wünsche ihm ebenfalls einen guten Morgen und gebe der Kaffeemaschine, dem Kühlschrank und den Croissants im Geiste die Anweisung, ihm ebenfalls einen guten Morgen zu wünschen. Der erste Gast scheint von diesem höflichen Gruß angenehm überrascht.

08.24 Der erste Gast bestellt einen Milchkaffee. Entsetzt stelle ich fest, dass die Kaffeemaschine sich nicht aufgeheizt hat. Vielleicht krankt sie an einem Fabrikationsfehler, vielleicht habe ich aber auch vergessen, einen Kopf zu drücken oder einen Stecker einzustecken. Vor lauter Angst, der Gast könnte gehen, ohne sein bestelltes Getränk konsumiert zu haben, stecke ich mir den Stecker der Kaffeemaschine in die Nasenlöcher und übertrage auf diesem Wege einen Teil meiner elektrischen Ladung auf sie. Die Kaffeemaschine brennt durch, aber der Kaffee schmeckt köstlich.

08.35 Ich serviere dem ersten Gast den Milchkaffee. Ich bin so nervös, dass ich die Hälfte verschütte. Das Elektrokabel hängt mir noch aus der Nase, und ich bemerke (zu spät), dass ich statt Milch Cucal in den Kaffee geschüttet habe. Temperatur: 21 Grad. Relative Luftfeuchtigkeit: 50 Prozent. Leichter Wind aus nordöstlicher Richtung. See: ruhig.

11.25 Während ich ein Omelette aus zweiundzwanzig Eiern von der Decke kratze, kommt Señor Joaquín zurück. Bevor er die Schäden bemerken kann, versichere ich ihm, dass ich die Kaffeemaschine, den Kühlschrank, die Spülmaschine, den Fernseher, die Lampen und die Stühle aus eigener Tasche ersetzen werde. Um ihn aufzumuntern, teile ich ihm mit, dass heute Morgen jede Menge Kundschaft da war. In der Kasse, die er vor dem Aufbruch leergeräumt hat, sind jetzt acht Peseten. Vielleicht habe ich das Wechselgeld nicht richtig zurückgegeben. Meinen Ängsten zum Trotz reagiert Señor Joaquín gleichgültig, als würde ihn alles, was ich erzähle, nicht interessieren. Er wundert sich nicht einmal, mich *ohne* Leiter an der Decke anzutreffen. Da bemerke ich, dass er allein in die Kneipe zurückgekehrt ist, sprich: ohne Señora Mercedes. Ich frage, was passiert ist.

11.35 Señor Joaquín *runzelt die Stirn* und sagt, Señora Mercedes sei ins Krankenhaus eingeliefert worden und müsse gleich morgen operiert werden. Offenbar sind Komplikationen aufgetreten, die einen sofortigen Eingriff erfordern. Während er mir berichtet, schließen wir die Kneipe.

11.55 Ich fahre mit der U-Bahn in die Stadt. Obwohl alle Frauen, die in der U-Bahn unterwegs sind, fantastisch aussehen, schenke ich ihnen keine Aufmerksamkeit, weil mir der Schreck noch in den Gliedern sitzt.

12.20 Bis zum Mittagessen vertreibe ich mir die Zeit damit, einige Baustellen im Zentrum näher in Augenschein zu nehmen. Offenbar wird derzeit eher nach unten als nach oben gebaut. Auf fünf oder sechs oberirdische Geschosse kommen zehn oder fünfzehn unterirdische, fast immer für Parkhäuser oder Stellplätze. Von beiden Modalitäten ist letztere, der sogenannte Stellplatz, die auf längere Sicht teurere. Viele wohlhabende Familien stehen vor einer schrecklichen Wahl: entweder ihre Kinder zum Studium in die USA zu schicken oder einen Stellplatz für ihr Auto zu haben. Früher, als es noch keine Autos gab, war das noch nicht so, und noch viel weniger, als es weder Autos noch die USA gab. Damals hatten die Gebäude allenfalls ein Untergeschoss namens Keller, das als Weinlager, Speisekammer oder Kerker diente.

Die Dinge waren aber nicht immer so. In einer noch viel früheren Epoche, von der sich in den Archiven der Erde nichts mehr findet, waren alle Wohnungen unterirdisch. Die primitiven Menschen, die sie erbauten, ahmten damit Gänge grabende Tier wie Maulwürfe, Kaninchen, Dachse und (damalige) Enten nach. Weil keines der genannten Tiere wusste, wie man Ziegelsteine aufeinanderschichtet, kamen auch die Menschen, die keinen anderen Lehrmeister hatten als die Natur, nicht auf diese Idee. In jener Zeit ragten ganze Städte nicht einmal eine Handbreit aus dem Boden. Häuser, Straßen, Plätze, Theater und Tempel lagen darunter. Das weltberühmte Babylonien (nicht das aus den Legenden und Geschichtsbüchern, sondern das vorige, das an der Stelle lag, wo heute Zürich liegt) war vollkommen unterirdisch, einschließlich seiner hängenden Gärten, entworfen und angelegt von einem Architekten und Gemüsegärtner namens Abundio Greenthumb (später zum Gott erhoben), dem das Kunststück gelang, dass Bäume und Pflanzen *nach unten* wuchsen.

14.00 Ich komme an die Stelle, wo gestern noch die Churrería war, und sehe, dass sie nicht mehr da ist. Wie sich herausstellt, ist die Churrería in Wirklichkeit ein Anhänger, der zu einer Churrería umgerüstet wurde. Eine Seitenwand des Anhängers lässt sich mittels Scharnieren herunterklappen und wird so zu einer Verkaufstheke. Hinter der Platte, also im Anhänger selbst, befindet sich dann die eigentliche Churrería. Dieses System erlaubt dem Besitzer, sie (mit der erforderlichen behördlichen Genehmigung) dort aufzustellen, wo die Geschäftsaussichten am vielversprechendsten sind oder zu sein scheinen. An den Wochentagen findet man sie am frühen Morgen für gewöhnlich im höher gelegenen Teil von Bonanova, wo die Schuldichte am höchsten ist und man folglich mit den Schülern, den Begleitern der Schüler und den Lehrern auf eine treue Kundschaft zählen kann. Zu anderen Uhrzeiten begibt sie sich an andere Orte wie zum Beispiel den Eingang des Gefängnisses Modelo, wo die Anwälte kaufen, die ihre Klienten besuchen, die Angehörigen der Klienten, die Wärter, die ebenjene Klienten bewachen, und einige Klienten, denen die Flucht gelungen ist. Oder aber sie stellt sich an den Eingang der Notaufnahme des Hospital Clínico (Krankenhauspersonal, leicht Verletzte und *leicht* Erkrankte, die gerne in die Kategorie *schwer* Erkrankte aufgenommen werden wollen) oder an die Stierkampfarena Monumental (Touristen und verrückte Banderilleros) oder vor den Palau de la Música Catalana (Mitglieder des Orquesta Ciutat de Barcelona, Abteilung Blechbläser) und so weiter und so fort.

15.00 Ich gehe nach Hause. An der Fahrstuhltür klebt ein Zettel, auf dem steht: AUSSER BETRIEB. Er bezieht sich wohl auf den Fahrstuhl. Ich nehme die Treppe.

15.02 Als ich an der Tür meiner Nachbarin vorbeikomme, bleibe ich stehen. In der Wohnung sind Stimmen zu hören. Ich schraube die Klingel ab, stecke mir die Kabel in die Ohren und lausche. Es ist tatsächlich meine Nachbarin! Offenbar weigert sich ihr Sohn, einen Teller Gemüse zu essen. Sie drängt ihn, sagt, er werde nie so stark wie Superman, wenn er nichts esse. Als ob das nicht schon genug wäre, fügt sie noch hinzu, wenn er nicht in fünf Minuten den ganzen Blumenkohl verputze, werde sie ihm mit dem Küchenhocker die Zähne ausschlagen. Ich schäme mich, in ihre Privatsphäre eingedrungen zu sein, reiße mir die Kabel aus den Ohren und lasse sie einfach hängen. Ich setze meinen Weg nach oben fort.

15.15 Ich esse die zehn Kilo Churros, die ich gekauft habe. Sie schmecken mir so gut, dass ich nach dem letzten Churro auch noch das ölige Papier esse, in das sie eingewickelt waren.

16.00 Ich liege auf dem Bett, den Blick zur Decke gerichtet, wo mehrere Spinnen so groß wie Melonen hängen. Ich denke an meine Nachbarin. So sehr ich mir auch das Hirn (ich habe keins) zermartere, fällt mir nicht ein, wie ich sie ansprechen könnte. Einfach so anzuklopfen und sie zum Essen einzuladen, scheint mir weder klug noch angebracht. Vielleicht sollte ich ihr etwas schenken, bevor ich sie einlade. Auf keinen Fall darf ich ihr Geld schenken. Sollte ich mich trotzdem dazu entschließen, dann lieber Scheine als Münzen. Schmuck setzt eine größere Vertrautheit voraus. Ein Parfüm ist ein feinfühliges, aber sehr persönliches Geschenk. Man läuft Gefahr, nicht den Geschmack der zu Beschenkenden zu treffen. Abführmittel, Emulgatoren, Pflaster, Wurmmittel, Antirheumatika und andere pharmazeutische Produkte kommen nicht in Frage. Sehr wahrscheinlich mag sie Blumen und Haustiere. Ich könnte ihr eine Rose und ein Dutzend Dobermänner schicken.

17.20 Mich befällt die Angst, meine Nachbarin könnte jegliches Geschenk von mir als eine *Frechheit* auffassen. Ich versuche, die Spinnen mit Cucal zu vernichten.

17.45 Ich brauche Kleidung. Ich gehe los und kaufe mir Bermudashorts. Es könnte cool aussehen, wenn darunter nicht die langen Unterhosen hervorlugen würden, aber ehrlich gesagt kann ich nicht auf sie verzichten. Auch wenn das Wetter fast sommerlich ist (mit der Tendenz zu einem leichten Anstieg der Temperaturen), verträgt sich mein Stoffwechsel nach wie vor schlecht mit dem menschlichen Körper. Ich habe ständig kalte Füße, kalte Waden und kalte Oberschenkel. Die Knie hingegen glühen regelrecht, ebenso eine Pobacke (die andere nicht) und so weiter und so fort. Am schlimmsten dran ist der Kopf, vielleicht aufgrund der permanenten Denkleistung. Seine Temperatur übersteigt manchmal 150 Grad. Um die Hitze zu lindern, trage ich immer einen Zylinder, gefüllt mit Eiswürfeln, die ich an Tankstellen besorge, doch leider verschafft mir dies nur vorübergehend Erleichterung. Das Eis verflüssigt sich ratzfatz, das Wasser beginnt zu kochen, und der Zylinder schießt mir mit einer solchen Wucht vom Kopf, dass die ersten, die ich hatte, wahrscheinlich noch immer irgendwo in der Luft schweben (inzwischen habe ich das System perfektioniert und befestige die Hutkrempe mit einem reißfesten Gummi am Hemdkragen). Ich habe mir auch drei kurzärmlige Hemden gekauft (kobaltblau, gelb, granatapfelrot), Wildledermokassins, die man *ohne* Strümpfe tragen kann, und eine geblümte Badehose, mit der ich, wie man mir versichert hat, der

King aller Schwimmbäder sein werde. Ihr Wort in Gottes Ohr.

19.00 Wieder zu Hause setze ich mich vor den Fernseher und denke nach. Ich lege mir einen Plan zurecht, wie ich Kontakt mit meiner Nachbarin aufnehmen könnte, ohne *ihren* Verdacht hinsichtlich *meiner* Absichten zu erregen. Ich übe vor dem Spiegel.

20.30 Ich gehe zur Wohnung meiner Nachbarin und klopfe leise an die Tür. Meine Nachbarin öffnet persönlich. Ich entschuldige mich für die späte Störung und sage (was aber gelogen ist), ich hätte mitten beim Kochen bemerkt, dass ich kein einziges Körnchen *Reis* mehr habe. Ob sie so freundlich wäre, mit ein Tässchen *Reis* zu borgen? Ich würde es gleich morgen früh wiederbringen, sobald Mercabarna öffne (um fünf Uhr morgens). Aber selbstverständlich. Sie gibt mir das Tässchen *Reis* und sagt, es sei nicht nötig, ihr den *Reis* zurückzugeben, weder morgen noch sonst wann, für solche Notfälle seien Nachbarn doch da. Ich bedanke mich bei ihr. Wir verabschieden uns. Sie schließt die Tür. Ich gehe schnell nach oben und kippe den *Reis* in den Müll. Der Plan klappt besser, als ich dachte.

20.35 Ich klopfe noch einmal an die Tür meiner Nachbarin. Sie öffnet mir selbst. Ich bitte sie um zwei Löffel Öl.

20.39 Ich klopfe noch einmal an die Tür meiner Nachbarin. Sie öffnet mir persönlich. Ich bitte sie um vier geschälte Tomaten ohne Kerne.

20.44 Ich klopfe noch einmal an die Tür meiner Nachbarin. Sie öffnet mir selbst. Ich bitte sie um Salz, Pfeffer, Petersilie, Safran.

20.46 Ich klopfe noch einmal an die Tür meiner Nachbarin. Sie öffnet mir selbst. Ich bitte sie um zweihundert Gramm (gekochte) Artischocken, Erbsen, zarte Bohnen.

20.47 Ich klopfe noch einmal an die Tür meiner Nachbarin. Sie öffnet mir selbst. Ich bitte sie um ein halbes Kilo geschälte Garnelen, hundert Gramm Seeteufel, zweihundert Gramm lebende Venusmuscheln. Sie gibt mir zweitausend Peseten und sagt, ich soll in einem Restaurant essen und sie in Frieden lassen.

21.00 Ich bin so deprimiert, dass ich nicht einmal Lust auf die zwölf Kilo Churros habe, die ich mir habe liefern lassen. Fruchtsalz von Eno, Pyjama und Zähne putzen. Bevor ich mich schlafen lege, stimme ich aus vollem Hals die Litaneien an. Noch immer nichts Neues von Gurb.

TAG 19

07.00 Heute ist es eine Woche her (im Dezimalsystem), dass Gurb verschwunden ist. Dieser denkwürdige Tag im Verbund mit den Schicksalsschlägen, die ich in letzter Zeit erlitten habe, drückt mir aufs Gemüt. Um die Depression zu bekämpfen, esse ich die Churros, die ich gestern Abend nicht gegessen habe, und gehe los, *ohne* mir die Zähne zu putzen.

08.00 Ich materialisiere mich in der Kathedrale, weil ich der heiligen Rita eine Kerze entzünden möchte, damit Gurb zurückkommt, doch auf dem Weg zum Altar stolpere ich und stecke mit der Kerze das Tuch in Brand, mit dem er bedeckt ist. Das Feuer ist schnell erstickt, doch leider sind zwei Gänse des Kreuzgangs bereits verkokelt. Ein böses Omen.

08.40 Von der Kathedrale gehe ich direkt in eine Kneipe und frühstücke (die Churros vorhin zählen nicht) ein Thunfischomelette, zwei Spiegeleier mit Blutwurst, Dörrfleisch und Herzmuscheln. Dazu trinke ich Bier (ein Fass). Dieser Happen sollte meine Laune heben, aber weit gefehlt, sein Verzehr erinnert mich an Señora Mercedes, die vermutlich gerade operiert wird. Ich verspreche, zu Fuß nach

Montserrat zu pilgern (ohne mich zu entmaterialisieren), wenn sie alles gut übersteht.

09.00 Ich spaziere die Ramblas entlang und biege dann in eine Seitenstraße ein. In diesem Teil der Stadt sind die Leute bunt gemischt. Ein Blick genügt, um zu bemerken, dass Barcelona einen Hafen hat. Hier mischen sich Kulturen aus aller Welt (und auch aus anderen Welten, wenn man mich mitzählt), hier laufen die unterschiedlichsten Schicksale ineinander und auseinander. Der Bodensatz der Geschichte hat dieses Viertel geformt und speist es heute mit seinen Küken, von denen eines mir, nebenbei bemerkt, gerade die Brieftasche geklaut hat.

09.50 Ich nehme meinen Spaziergang und auch die Überlegungen wieder auf, zu denen er mich anregt. Um nicht aufzufallen, beschließe ich die physische Konstitution eines Schwarzen anzunehmen (aber mit dem Gesicht und dem Körperbau von Luciano Pavarotti), des vorherrschenden Typus in dieser Gegend. Von allen Menschen haben die sogenannten Schwarzen (denn sie sind ja schwarz) die besten Anlagen: Sie sind größer, stärker und geschickter als die Weißen und genauso dumm. Die Weißen schätzen sie aber nicht besonders, vielleicht weil in ihrem kollektiven Unbewussten noch die Erinnerung an eine sehr ferne Zeit gespeichert ist, in der die Schwarzen die Weißen dominiert haben und nicht umgekehrt. Der Reichtum des schwarzen Imperiums verdankte sich dem Anbau von Obst, das fast vollständig in den Rest der Welt exportiert wurde. Da die anderen Völker sich ausschließlich der Jagd widmeten und weder den Ackerbau noch den Fischfang kannten, war ihre Ernährung ungesund und brauchte dringend Obst als Ergänzung, um den Cholesterinspiegel zu senken. Die Pracht und Macht des schwarzen Imperiums dauerten an, solange der intensive Anbau von Orangen, Birnen, Pfirsichen und Aprikosen andauerte. Der Niedergang setzte mit Kaiser Balthasar II. ein, dem Urgroßvater jenes anderen Balthasars, der zusammen mit Melchior und Caspar nach Bethlehem reiste. Balthasar II., auch Baltasar der Dumme genannt, ließ alle Obstbäume des Imperiums herausreißen und setzte voll und ganz auf den Anbau von Myrrhe, ein Produkt, das damals genauso wenig Marktchancen hatte wie heute.

11.00 Ich gelange an einen Platz, für den mehrere Häuserblocks abgerissen werden mussten. In der Mitte steht eine Palme, die so steif und haarig ist wie ein Ungeziefer. Zahlreiche Alte dörren in der Sonne vor sich hin und warten darauf, dass sie von ihren Familienangehörigen abgeholt werden. Den Ärmsten ist nicht klar, dass man viele von ihnen nie abholen wird, weil ihre Angehörigen zu einer Kreuzfahrt in den norwegischen Fjorden aufgebrochen sind. Auf manchen Bänken sieht man Alte, die bereits im vergangenen Sommer ausgesetzt wurden, in fortgeschrittenem Stadium der Mumifizierung und andere, die erst seit vierzehn Tagen hier sind, in einer weniger appetitverderbenden Übergangsphase. Ich setze mich zu einem Alten aus letzterer Kategorie und lese die Literaturbeilage einer Madrider Zeitung, die jemand ebenfalls vergessen hat, weil er sie nicht mehr braucht.

12.00 Scharen von Schulkindern stürmen nach dem Unterricht auf den Platz. Sie spielen mit Reifen, spielen Diabolo und Blinde Kuh. Ihr Anblick macht mich noch trauriger. Auf meinem Planeten existiert das, was man hier Kindheit nennt, gar nicht. Gleich nach der Geburt wird unseren kognitiven Organen die nötige (und erlaubte) Dosis Weisheit, Intelligenz und Erfahrung injiziert. Für einen kleinen Aufpreis gibt es dazu noch eine Enzyklopädie, einen Atlas, einen ewigen Kalender, eine Unmenge an Kochrezepten von Simone Ortega und den Guide Michelin (rot wie grün) unseres geliebten Planeten. Bei Erreichen der Volljährigkeit werden uns die Verkehrsregeln, die Gemeindevorschriften und eine Auswahl der besten Urteile des Obersten Verfassungsgerichts eingespeist. Aber eine Kindheit, das, was man Kindheit nennt, haben wir nicht. Bei uns lebt jeder sein Leben (und basta), ohne es sich und anderen unnötig kompliziert zu machen. Die Menschen hingegen durchlaufen, sofern ihnen genügend Zeit bleibt, drei Entwicklungsphasen. Wie die Insekten. In der ersten Phase heißen sie Kinder, in der zweiten Phase Arbeitnehmer und in der dritten Phase Rentner. Kinder tun, was man ihnen befiehlt, Arbeitnehmer ebenso, nur dass sie dafür bezahlt werden, und auch die Rentner erhalten Bezüge, dürfen aber rein gar nichts tun, weil sie zittrige Hände haben und alles fallen lassen, außer Gehstöcken und Zeitungen. Kinder sind zu nur sehr wenig gut. Früher wurden sie benutzt, um Kohle aus den Bergwerken zu schürfen, aber der Fortschritt hat dieser Praxis ein Ende gesetzt. Heutzutage treten sie nachmittags im Fernsehen auf, hüpfen, schreien und plappern ein fürchterliches Kauderwelsch. Sowohl bei den Menschen als auch bei uns gibt es noch eine vierte, nicht vergütete Phase, die der Leiche, über die wir lieber nicht reden wollen.

14.00 Nach dem Anblick der Kinder und der Alten und den Gedanken über mein Leben bin ich niedergeschlagen. Ich vergieße jede Menge Tränen. Da meine menschliche Natur wie erwähnt nur übergestülpt ist, verfüge ich über keine Drüsen, die das, was ich verbrauche oder ausstoße, wieder ersetzen. Daher hat das Weinen, das Schwitzen und ein bisschen Kacka, die mir rausgerutscht ist, meine Statur stark schrumpfen lassen. Ich bin jetzt nur noch vierzig Zentimeter groß. Ich springe von der Bank auf den Boden und schlängele mich zwischen den Beinen der Fußgänger hindurch, bis ich einen sicheren und diskreten Hauseingang gefunden habe, um mich wieder auf Vordermann zu bringen.

14.30 Ich beschließe, die Gestalt von Manuel Vázquez Montalbán anzunehmen, und gehe in der Casa Leopoldo essen.

16.30 Ich kehre nach Hause zurück. Ich rufe in der Kneipe von Señora Mercedes und Señor Joaquín an, um mich zu erkundigen, wie die Operation von Señora Mercedes verlaufen ist. Ans Telefon geht eine Person, die sagt, sie sei ein Freund von Señor Joaquín und vertrete ihn in der Kneipe, solange Señor Joaquín seine (nicht vergütete) Aufgabe als Begleiter von Señora Mercedes im Krankenhaus erfülle, wo sie an diesem Vormittag operiert wurde. Ich bedanke mich für die Auskunft und lege auf.

16.33 Ich rufe noch einmal in der Kneipe an und frage die Person, die die Aufgaben von Señor Joaquín (in der Kneipe) übernommen hat, ob die Operation gut verlaufen ist. Ja. Die Operation sei gut verlaufen und das Ergebnis werde von den Ärzten als zufriedenstellend eingestuft. Ich bedanke mich für die Auskunft und lege auf.

16.36 Ich rufe noch einmal in der Kneipe an und frage die Person, die die Aufgaben von Señor Joaquín (in der Kneipe) übernommen hat, ob man Señora Mercedes im Krankenhaus besuchen kann. Ja. Ab morgen zwischen 10.00 und 13.00 Uhr und zwischen 16.00 und 20.00 Uhr. Ich bedanke mich für die Auskunft und lege auf.

16.39 Ich rufe noch einmal in der Kneipe an und frage die Person, die die Aufgaben von Señor Joaquín (in der Kneipe) übernommen hat, in welchem Krankenhaus Señora Mercedes liegt. Im Krankenhaus Santa Tecla im Stadtteil Horta. Ich bedanke mich für die Auskunft und lege auf.

16.42 Ich rufe noch einmal in der Kneipe an und frage die Person, die die Aufgaben von Señor Joaquín (in der Kneipe) übernommen hat, ob man zum Krankenhaus Santa Tecla mit dem Fahrrad fahren kann. Sie legt auf, bevor ich mich bei ihr für die Auskunft und das Mitteilen derselben bedanken kann. Temperatur: 26 Grad. Relative Luftfeuchtigkeit: 74 Prozent. Leichter Wind. See: spiegelglatt.

17.00 Ich lege mich aufs Sofa, um ein Nickerchen zu halten. Es ist heiß und schwül, und die Kleidung klebt mir am Leib. Verschlimmert wird die Situation noch dadurch, dass das Sofa mit Plastik bezogen ist und dass auch die Kissen mit Plastik gefüllt sind und dass auch die Sprungfedern, die Beine und alle anderen Möbel und Gegenstände in meiner Wohnung aus Plastik sind. Die Alternative wären Produkte aus pflanzlichem Material wie Holz oder Baumwolle oder gar aus *tierischem* Material wie Schafswolle oder Leder. Allein der Gedanke daran ist so abstoßend, dass ich mich fast übergeben muss. Ich stecke mir einen Schuh in den Mund und verhindere so, dass der ganze Festschmaus wieder hochkommt.

17.10 Weil ich wegen der Hitze nicht schlafen kann, beschließe ich die Gestalt von Mahatma Gandhi anzunehmen, was mir eine bequeme und angenehm kühle Kleidung verschafft und nebenbei auch einen Regenschirm, den man in dieser Jahreszeit immer gut gebrauchen kann.

17.50 Ich träume unruhig. Verkrampft und schweißgebadet wache ich auf. Ich verspüre den unwiderstehlichen Drang, Churros zu essen oder, ersatzweise, meine Nachbarin zu sehen.

18.00 Leise öffne ich meine Wohnungstür und spähe in den Flur. Niemand. Ich gehe hinaus ins Treppenhaus und schließe leise meine Wohnungstür.

18.01 Leise steige ich die Treppe hinauf. Niemand hat mich gesehen. Leise stelle ich mich vor die Wohnungstür meiner Nachbarin.

18.02 Leise halte ich ein Ohr an die Wohnungstür meiner Nachbarin. Nichts zu hören.

18.03 Leise untersuche ich das Schloss der Wohnungstür meiner Nachbarin. Zum Glück handelt es sich um ein sogenanntes Hochsicherheitsschloss (normale Schlösser sind praktisch nicht zu knacken), und ich ziehe es problemlos heraus. Leise öffnet sich die Tür. Ich bin so was von aufgeregt!

18.04 Leise betrete ich die Wohnung meiner Nachbarin. Ich mache die Tür hinter mir zu und stecke das Schloss zurück an seinen Platz. Die Diele ist schlicht, aber geschmackvoll eingerichtet. Den Regenschirm stelle ich in den Regenschirmständer.

18.05 Leise betrete ich das Nachbarzimmer, das, wie ich schlussfolgere, als Wohnzimmer dient. Möglicherweise *ist* es das Wohnzimmer. Obwohl die Wohnung mit meiner identisch ist, sind die Zimmer vollkommen anders aufgeteilt, weil ja auch meine Gewohnheiten und Bedürfnisse vollkommen anders sind. Ich gehe lieber nicht ins Detail.

18.07 Leise nehme ich das Wohnzimmer in Augenschein. Es ist mit exquisitem Geschmack eingerichtet. Ich setze mich aufs Sofa, schlage die Beine übereinander: Es ist elegant und bequem. Ich setze mich auf einen Ledersessel und schlage die Beine übereinander: Er ist elegant und bequem. Ich setze mich auf einen mit Wolle bezogenen Sessel. Bevor ich die Beine übereinanderschlagen kann, beißt er mich in die Wade. Fehleinschätzung: Es ist kein

Sessel, es ist ein Mastiff, der zusammengerollt geschlafen hat.

18.09 Den Rest der Wohnung sehe ich mir, verfolgt vom Mastiff, sehr schnell an. Ich beschließe, mich leise wieder auf den Weg zu machen.

18.14 Ich flüchte mich vor dem Maul des Mastiffs an die Decke. Der Mastiff bleibt unter mir stehen und wartet darauf, dass ich runterfalle. Er bellt rüpelhaft und zeigt dabei Reißzähne so groß wie Bananen. Selbst wenn es ein Sessel wäre, wie ich anfangs dachte, hätte man Angst. Dass es sich um einen Mastiff handelt, macht die Sache nicht besser!

19.15 Ich hänge schon seit einer Stunde an der Decke, und der Mastiff scheint weder müde zu werden noch das Interesse zu verlieren. Ich habe versucht, ihn zu hypnotisieren, doch sein Gehirn ist so einfach strukturiert, dass es kaum einen Unterschied zwischen wach und schläfrig gibt. Ich habe gerade mal erreicht, dass er schielt, wodurch er nicht mehr blutrünstig aussieht, sondern potthässlich.

20.15 Ich hänge nun seit zwei Stunden an der Decke, und diese Missgeburt lässt einfach nicht ab von seiner Haltung. Irgendwann wird er die Schnauze schon voll haben und schlafen gehen, aber mich beunruhigt der Gedanke, meine Nachbarin könnte vorher nach Hause kommen und einen hängenden Hindu an ihrer Decke vorfinden.

20.30 Eine physiologische Analyse des Hundes ergibt, dass dieses Tier eine einfache Molekularstruktur aufweist. Vielleicht liegt darin die Lösung des Falls.

20.32 Geschafft. Mit einer kurzen und schlichten Manipulation verwandle ich den Mastiff in vier Pekinesen, was mir noch genügend Material für einen Hamster übriglässt. Ich schwebe von der Decke herunter und entledige mich der Pekinesen per Fußtritt.

20.40 Ich muss mich beeilen, wenn ich die Wohnung meiner Nachbarin inspizieren will, bevor sie zurückkommt. Oder bevor ihr Sohn von der Schule zurückkommt. Es ist merkwürdig, dass er noch nicht da ist. Vielleicht hat man ihm eine Strafe für Dummheit aufgebrummt.

21.00 Ich erkläre die Inspektion für beendet. Folgende Daten konnte ich über meine Nachbarin sammeln: Name: Antonio Fernández Calvo. Alter: 56. Geschlecht: männlich. Familienstand: verwitwet. Beruf: Versicherungsmakler.

21.05 Ich schließe daraus, dass ich mich in der Wohnung geirrt habe. Leise schleiche ich mich hinaus, stecke das Schloss wieder in die Tür und kehre leise in meine Wohnung zurück.

21.30 Deprimierter denn je. Nicht einmal die Aussicht auf die Churros, die mir die Portiersfrau gerade gebracht hat, kann mich aufheitern. Ich beschließe, eine Partie Schach gegen mich selbst zu spielen. Nur ein Zug fällt mir ein: e2-e4. Ich konnte mich noch nie für diese Art von Spielen begeistern. Gurb hingegen ist ein großer Fan. Manchmal haben wir eine Schachpartie nach der anderen gespielt, und er hat mich jedes Mal ins sogenannte *Schäfermatt* gesetzt. Ich werde ganz wehmütig, während ich die Churros esse, immer fünf auf einmal.

22.00 Ich ziehe den Pyjama an. Irgendwann muss ich ihn auch mal waschen. Ich lege mich ins Bett und lese *Köstlich dumm*, eine satirische Komödie in drei Akten und vier Bildern. Eine Frau bekommt immer, was sie will, wenn sie weiß, wie man Rouge an der *richtigen Stelle* aufträgt. Vielleicht habe ich die Handlung auch nicht richtig verstanden. Ich bin nach all der Aufregung heute ein bisschen zerstreut. Ich spreche meine Gebete und schlafe ein. Noch immer nichts Neues von Gurb.

01.30 Ein höllischer Lärm weckt mich auf. Vor Millionen von Jahren (oder mehr) bildete sich unter entsetzlichen Umwälzungen die Erde: Die aufgewühlten Meere spülten ganze Küsten weg und überschwemmten Inseln, gigantische Gebirgsketten brachen in sich zusammen, Feuer spuckende Vulkane formten neue Berge, und Erdbeben verschoben Kontinente. Um an dieses Phänomen zu erinnern, schickt das Rathaus jede Nacht Apparate namens Müllwagen aus, die unter den Fenstern der Bürger jenes tellurische Getöse reproduzieren. Ich stehe auf, pinkle, trinke ein Glas Wasser und lege mich wieder schlafen.

TAG 20

07.00 Ich stelle mich im Badezimmer auf die Waage. 3 Kilo, 800 Gramm. Wenn man bedenkt, dass ich reiner Intellekt bin, ist das höllisch viel. Ich beschließe, jeden Morgen Sport zu treiben.

07.30 Ich gehe raus mit dem festen Vorsatz, sechs Meilen zu joggen. Morgen sieben. Übermorgen acht. Und so weiter.

07.32 Ich komme an einer Bäckerei vorbei. Ich kaufe eine Coca de Piñones und esse sie auf dem Weg nach Hause. Sollen doch die anderen joggen.

07.35 Als ich das Gebäude wieder betrete, fegt die Portiersfrau gerade den Eingangsflur. Ich beginne mit der Portiersfrau ein scheinbar harmloses Gespräch, das aber gespickt ist mit boshaften Hintergedanken meinerseits. Wir unterhalten uns über das Wetter. Wir finden beide, dass es ein bisschen zu heiß ist.

07.40 Wir unterhalten uns über den unsäglichen Verkehr und echauffieren uns besonders über die lauten Motorräder.

07.50 Wir unterhalten uns darüber, wie teuer alles geworden ist. Wir vergleichen die Preise von heute mit denen von früher.

08.10 Wir unterhalten uns über die Jugend. Wir verurteilen ihre mangelnde Begeisterung.

08.25 Wir unterhalten uns über Drogen. Wir fordern die Todesstrafe für Verkäufer und Käufer.

08.50 Wir unterhalten uns über die Nachbarn (heiß, heiß!).

09.00 Wir unterhalten uns über Leibniz und über das Neue System für die Natur und den Verkehr zwischen den Substanzen (kalt, kalt!).

09.30 Wir unterhalten uns über meine Nachbarin (wurde auch Zeit!). Die Portiersfrau sagt, sie (meine Nachbarin) sei ein guter Mensch und zahle pünktlich den vierteljährlichen Beitrag für die Wohneigentümergemeinschaft, aber sie (meine Nachbarin) nehme nicht so eifrig an den Versammlungen teil, wie sie sollte. Ich frage sie, ob sie (meine Nachbarin) verheiratet sei, und sie (die Portiersfrau) verneint. Ich frage, ob ich daraus schließen soll, dass sie (meine Nachbarin) ihr Kind außerehelich bekommen habe. Nein: Sie (meine Nachbarin) sei verheiratet gewesen mit einem *Typen*, der ihrer (der Portiersfrau) Ansicht nach ein Nichtsnutz gewesen sei, von dem sie (meine Nachbarin) sich vor zwei Jahren getrennt habe. Er (*der Typ*) kümmere sich an den Wochenenden um den Jungen (meiner Nachbarin und auch des *Typen*). Das Gericht habe ihn (den *Typen*) dazu verurteilt, ihr (meiner Nachbarin) monatlich Geld zu überweisen, aber sie (die Portiersfrau) habe den Eindruck, dass er (der *Typ*) es nicht überweise, zumindest nicht so regelmäßig, wie er sollte. Sie (meine Nachbarin) scheine keinen festen Freund zu haben, fügt sie (die Portiersfrau) hinzu, und auch keine lockeren Bekanntschaften. Bestimmt sei sie (meine Nachbarin) ein gebranntes Kind, meint sie (die Portiersfrau). Eigentlich sei ihr (der Portiersfrau) das egal, fügt sie (die Portiersfrau) hinzu. Ihretwegen (der Portiersfrau) könne jeder machen, was er wolle, solange es keinen Skandal gebe. Und solange es in den eigenen vier Wänden (denen meiner Nachbarin) passiere. Und nicht zu laut sei. Und nicht nach elf Uhr stattfinde, weil sie (die Portiersfrau) da nämlich ins Bett gehe. Ich reiße ihr den Besen aus der Hand und zerdeppere ihn auf ihrem Kopf.

10.30 Ich gehe hoch in meine Wohnung. Ich beschließe, die Gestalt von D'Alembert anzunehmen und Señora Mercedes im Krankenhaus zu besuchen, wo sie sich, so Gott will, von der Operation erholt.

10.50 Ich materialisiere mich im Krankenhaus. Es ist ein eher hässliches und alles andere als einladendes Gebäude. Trotzdem strömen massenweise Menschen hinein, darunter einige, die es sehr eilig haben.

10.52 In der Eingangshalle gibt es einen Informationsschalter. Dort frage ich, in welchem Zimmer sich Señora Mercedes und ihr Begleiter Señor Joaquín befinden. Sie befinden sich im Zimmer 602.

10.55 Ich irre im sechsten Stock umher auf der Suche nach Zimmer 602.

10.59 Ich finde Zimmer 602, klopfe an. Die Stimme von Señor Joaquín bittet mich herein. Also trete ich ein.

11.00 Señora Mercedes liegt im Bett, ist aber wach und sieht gut aus. Ich frage sie, wie es ihr geht, und sie erklärt mir, dass sie noch etwas schwach, aber guter Dinge sei. Am Morgen habe sie eine große Tasse Kamillentee getrunken, sagt sie. Ich gebe ihr das Geschenk, das ich mitgebracht habe: eine Modelleisenbahn. Sollte sie morgen noch am Leben sein, füge ich hinzu, würde ich ihr noch eine Weiche und einen Bahnübergang schenken.

11.07 Señor Joaquín hatte eine schlechte Nacht und ist niedergeschlagen. Er behauptet, sowohl er als auch seine Frau, Señora Mercedes, seien inzwischen in einem Alter, in dem man die Dinge lieber *ruhig* angehen sollte. Der Anfall von Señora Mercedes sei ein Schuss vor den Bug gewesen, sagt er. In der Nacht habe er nachgedacht, sagt er, und sei zu dem Schluss gekommen, dass sie die Jahre, die ihnen noch blieben, lieber ausruhen, reisen und genießen sollten. Und vielleicht sei es auch an der Zeit, fügt er hinzu, die Kneipe an jemand anderen zu übergeben. Der Laden laufe gut, aber zehre an den Kräften, sagt er, da müsse jemand Jüngerer ran (an das Geschäft). Er habe auch überlegt, fügt er hinzu, ob ich vielleicht Interesse an der Kneipe haben könnte. Señor Joaquín meint bemerkt zu haben, dass ich Talent fürs Gastgewerbe habe und mir die Arbeit gefällt.

11.10 Obwohl Señora Mercedes sich noch etwas schwach fühlt, sagt sie, sie pflichte ihrem Mann in allem bei. Beide wollen wissen, was ich von dem Vorschlag halte.

11.12 Ich bin nicht abgeneigt. Ich glaube, dass ich durchaus das Zeug habe, eine Kneipe zu führen, und hätte da sogar einige innovative, ja, gewagte Ideen. Zum Beispiel könnte man das Lokal erweitern und das angrenzende Gebäude (die Autofabrik von VW) kaufen und dort eine Churrería einrichten. Señor Joaquín unterbricht mich und rät mir, nichts zu überstürzen. Eigentlich, sagt er, sei es erst einmal nur so eine Idee. Die müsse man jetzt reifen lassen, fügt er hinzu. Also sollte ich jetzt besser gehen, weil die Operation für Señora Mercedes *ein Schlag* gewesen sei. Sie müsse sich jetzt ausruhen. Ich gehe, nicht ohne beiden zu versprechen, dass ich morgen wiederkommen würde, um das Thema weiter zu erörtern.

11.30 Ich irre über die Krankenhausflure, in Gedanken, aber auch tatsächlich verloren. Der Vorschlag von Señor Joaquín hat mich in *heillose Verwirrung* gestürzt. Jetzt, wo die anfängliche Begeisterung verflogen ist und ich in aller Ruhe darüber nachdenke, scheint mir meine erste Einschätzung allzu optimistisch gewesen zu sein. Ganz offensichtlich *kann* ich die Kneipe *nicht* übernehmen. Das Mieten oder Kaufen einer Kneipe zum Zwecke der (lukrativen) Ausbeutung taucht im Befehlsblatt, das uns zu Beginn unserer Weltraummission übergeben wurde, nicht einmal als Möglichkeit auf. Andererseits ist es auch nicht ausdrücklich verboten. Man müsste also erst eine *Anfrage* einreichen. Temperatur: 26 Grad. Relative Luftfeuchtigkeit: 70 Prozent. Leichter Wind aus südöstlicher Richtung. See: schwach bewegt.

12.30 Ich irre weiterhin im Krankenhaus umher, ohne einen Ausweg aus meinen Nöten zu finden. Dafür finde ich die Cafeteria des Krankenhauses. Ich beschließe, einen Halt einzulegen und etwas zu essen, auch wenn es dafür noch ein bisschen früh ist. Mit vollem Magen denkt es sich besser, sagen diejenigen, die einen Magen haben.

12.31 Die Cafeteria ist leer. Zum Glück ist die Verkaufsvitrine gut bestückt. Es herrscht Selbstbedienung, was ich großartig finde, weil es mir erlaubt, so zu essen, wie es mir gefällt, ohne irgendjemandem etwas erklären zu müssen. Wenn ich Lust habe, die Pimientos de Padrón in den Milchkaffee zu tunken, dann mache ich das. Was dagegen?

13.00 Je mehr ich esse und je mehr ich nachdenke, desto verrückter erscheint mir die Idee, mich auf der Erde niederzulassen. Vor allem würde dies bedeuten, dass ich die Mission aufgeben müsste, mit der man Gurb (verschwunden) und mich beauftragt hat, und das wäre nichts Geringeres als *Hochverrat*. Dieses Argument ist aber nicht sehr stichhaltig, denn es reduziert alles auf eine Frage der Prinzipien, und Prinzipien gehen mir an einer Stelle vorbei, die die Menschen Hintern nennen. Stichhaltiger ist da schon das physiologische Argument. Ich weiß nicht, wie lange mein Organismus den Lebensbedingungen auf diesem so verlotterten Planeten standhalten kann. Ich weiß nicht, welche Art von Gefahr(en) auf mich lauert(en). Ich weiß nicht einmal, ob meine Anwesenheit hier eine Gefahr für die Menschen darstellt oder nicht. Offenbar verursachen meine besondere Beschaffenheit und meine energetische Ladung Probleme, wo immer ich auftauche. Es kann kein Zufall sein, dass der Fahrstuhl bei mir im Gebäude immer defekt ist und dass die Fernsehsendungen immer verspätet beginnen, wenn ich sie sehen (oder aufnehmen) will. Und eben, als ich über die Flure des Krankenhauses gestreift bin, habe ich ein Gespräch mitgekriegt, das mich in Alarmstimmung versetzt hat. Ein Arzt hat mit *gerunzelter Stirn* zu einer Krankenschwester gesagt, dass die Geräte des Krankenhauses an diesem Vormittag *zu spinnen scheinen*. Angeblich haben die Krankenpfleger der Intensivstation Lambada getanzt, und auf dem Bildschirm des Scanners sei Luis Mariano erschienen und habe *Maitechu mía* gesungen. Diese unerklärlichen Phänomene, hat der Arzt mit der *gerunzelten Stirn* hinzugefügt, seien um 10.50 Uhr aufgetreten. Als hätte um diese Uhrzeit, schloss er, *ein Marsmensch* das Krankenhaus betreten. Es hat mich gekränkt, dass mich jemand mit einem dieser Lackaffen verwechselt hat, die nichts anderes können als Golf spielen und über den schlechten Service meckern, aber ich habe mich zusammengerissen und meinen Ärger nicht gezeigt.

Es besteht immer die Möglichkeit, meine Physiologie zu modifizieren und sie an die molekulare Struktur der Menschen anzupassen. Sollte ich mich dazu entschließen, müsste ich mir das Modell sorgfältig aussuchen, denn der Prozess wäre unumkehrbar. Eine Entscheidung von unfassbarer

Tragweite. Was, wenn ich nach Ausführung der Mutation feststelle, dass ich nicht glücklich bin? Was wird aus mir, wenn die Sache mit meiner Nachbarin *völlig in die Grütze geht?* Werde ich die Sehnsucht nach meiner alten Heimat je überwinden? Wie sind die Konjunkturaussichten für die Zeit nach 1992? Zu viele Unbekannte. Wenn ich wenigstens jemanden hätte, dem ich meine Sorgen anvertrauen könnte!

13.30 Ich beschließe, die Cafeteria zu verlassen. Als ich das Essen bezahlen will, stelle ich fest, dass in der Cafeteria doch keine Selbstbedienung herrscht. In Wirklichkeit ist das hier *gar keine* Cafeteria. Ich schleiche mich hinaus, ohne dass mich jemand sieht.

14.15 Ich setze mich auf eine Bank an der Plaza Cataluña. Für mich steht fest, dass es am vernünftigsten wäre, die Mission für beendet zu erklären und zurückzukehren. Ich weiß nicht, ob die Ziele der Mission erreicht sind, aber im Grunde ist es auch egal. Letztlich wird sowieso niemand den Bericht lesen. Das Problem ist nur, dass ich nicht *allein* zurückkehren kann. Das Raumschiff ist immer noch kaputt, und ich kann es nicht reparieren. Und selbst wenn es sich automatisch reparieren würde, könnte ich es nicht starten, geschweige den fliegen. Diese Raumschiffe sind so konstruiert, dass sie von *zwei* Wesen gesteuert werden müssen. Auf diese Weise wird verhindert, dass irgendein gerissenes Wesen Raumschiffe für seine eigenen Zwecke missbraucht, wie zum Beispiel jemanden anzubaggern oder Taxi zu fahren. Ich könnte die Relaisstation AF im Sternbild des Antares um Hilfe bitten, aber das würde nicht viel nützen. Selbst wenn man mir ein anderes Raumschiff zur Hilfe schicken würde, würde dieses andere Raumschiff von zwei Wesen gesteuert, und wenn eines davon mit mir mitfliegen würde, wie sollte dann das andere Wesen zurückfliegen?

15.00 Ich beschließe, nicht weiter nachzudenken und die Plaza Cataluña zu verlassen, weil mich Tauben von Kopf bis Fuß mit Exkrementen eingedeckt haben und japanische Touristen Fotos von mir machen in dem Glauben, ich sei ein Nationaldenkmal.

15.45 Zu Hause. In der Wohnung ist es immer heiß, besonders um diese Uhrzeit. Ich würde ja eine Klimaanlage einbauen, wenn diese Geräte nicht eine Vibration erzeugen würden, die meine Gelenke zerstört. Beim Kühlschrank ist es genauso: Eine Weile verhält er sich ganz ruhig, aber plötzlich, ohne Vorwarnung, kriegt er einen Rappel, der mich in den Wahnsinn treibt. Und gestern habe ich nur mal den Stabmixer eingeschaltet, und schon war mein Oberschenkelknochen in drei Stücke zerbrochen. Zum Glück habe ich Ersatzteile. Der Ventilator ist etwas erträglicher, aber wenn er an ist, wird mir schwindlig, weil ich die Augen nicht von den Rotorblättern lösen kann. Also verzichte ich lieber auf die Geräte und ziehe mich, je höher die Temperatur steigt, immer weiter aus. Am Ende habe ich nur noch Hemd und Strümpfe an.

17.00 Es gibt im Universum keinen größeren Schund und keine größere Fehlkonstruktion als den menschlichen Körper. Allein schon die irgendwie an den Kopf geklebten Ohren sind dafür Beweis genug. Die Füße sind lächerlich, die Gedärme ekelhaft. Und dieses Dauergrinsen wie von Totenschädeln ist vollkommen deplatziert. An all dem sind die Menschen allerdings nur bis zu einem gewissen Punkt schuld. Sie hatten einfach ein bisschen Pech bei der Evolution.

18.00 Ich mache einen kleinen Spaziergang. Die Straßen sind etwas belebter als gewöhnlich, weil der gute Bürger bei warmem Wetter sofort nach draußen stürmt und sich einen Platz an einem der Tische sichert, die vor den Kneipen inmitten von Mülleimern aufgebaut werden. Dort lässt sich der gute Bürger betäuben, verseuchen und vergiften, bezahlt dafür und geht wieder nach Hause. Ich folge seinem Beispiel und kaufe ein Eis in der Waffel. Da ich ein solches Produkt zum ersten Mal sehe, esse ich zuerst die Waffel. Anschließend weiß ich nicht, was ich mit der Kugel anfangen soll, werde hektisch, schmiere mich voll und werfe schließlich das, was vom Eis noch übrig ist, in einen Mülleimer.

18.40 Als ich von meinem Spaziergang zurückkomme, sehe ich von Weitem meine Nachbarin. Eine wahrlich glückliche Fügung. Aus Höflichkeit vermeide ich, dass auch sie mich sieht, aber ich nehme mir fest vor, *unsere Angelegenheit* noch heute im Verlauf des Tages zu klären. Im Schreibwarenladen kaufe ich Schreibzeug, im Kiosk Briefmarken. Temperatur: 28 Grad. Relative Luftfeuchtigkeit: 79 Prozent. Abflauender Wind. See: spiegelglatt.

19.00 Ich bleibe zu Hause, putze mir die Zähne und richte auf dem Tisch alles her, was ich zum Briefeschreiben brauche: ein Ries Papier, Linienblatt, Tintenfass, Tuschfeder, Griffel, Löschpapier, ein Kugelschreiber (zur Sicherheit), den María Moliner, ein Handbuch fürs Briefeschreiben (Liebes- wie Geschäftsbriefe), eine Sprichwörtersammlung, die Anthologie der spanischen Dichtung von Sáinz de Robles und die Stilfibel von *El País*.

19.45 »Meine anbetungswürdige Nachbarin,
ich bin jung und von anmutigem Äußeren, romantisch und zärtlich. Finanziell bin ich gut aufgestellt und sehr ernst bei ernsten Dingen (aber amüsiere mich auch gern). Ich liebe (außer Churros) U-Bahn-Fahren, Schuhe-Polieren, Schaufenster-

bummeln, Weitspucken und Frauen. Ich hasse Gemüse (in all seinen Erscheinungsformen), Zähneputzen, Postkartenschreiben und Radiohören. Ich glaube, dass ich ein guter Ehemann sein könnte (sollte es dazu kommen) und ein guter Vater (ich habe sehr viel Geduld mit Kindern). Würden Sie mich gern näher kennenlernen? Ich erwarte Sie um 9.30 Uhr. Es gibt etwas zu essen (kostenlos) und zu trinken. Wir werden uns über oben Gesagtes und andere Kleinigkeiten unterhalten, hihi!
R. S. V. P. Ich bin in Sie verknallt.«

19.55 Ich lese noch einmal durch, was ich geschrieben habe. Ich zerreiße den Brief.

20.55 »Liebe Nachbarin,
wo wir schon im gleichen Gebäude wohnen, dachte ich mir, es wäre nicht verkehrt, uns besser kennenzulernen. Kommen Sie doch um 9:30 Uhr vorbei. Ich mache etwas zu essen, und wir besprechen ein paar Dinge, das Gebäude betreffend (und andere lieber nicht).
Herzliche Grüße
Ihr Nachbar.«

21.05 Ich lese noch einmal durch, was ich geschrieben habe. Ich zerreiße den Brief.

21.20 »Sehr geehrte Nachbarin,
ich habe ein paar Sachen im Kühlschrank, die

wegmüssen. Warum kommen Sie nicht vorbei, und wir verputzen sie? Bei der Gelegenheit unterhalten wir uns über das Gebäude und seine notwendigen Reparaturen (neuer Fahrstuhlmotor, Restaurierung der Fassade etc.). Ich erwarte Sie um 10 Uhr.
Mit freundlichen Grüßen
Ein Nachbar.«

21.30 Ich lese noch einmal durch, was ich geschrieben habe. Ich zerreiße den Brief.

22.00 »Mein Wohnung hat überall Risse ...«

22.20 »Mein Essen ist voller Würmer ...«

23.00 Ich esse allein beim Chinesen um die Ecke. Da ich der einzige Gast bin, setzt der Besitzer des Restaurants sich zu mir und plaudert mit mir. Er heißt Pilarín Kao (er wurde von einem rücksichtslosen Missionar getauft) und kommt ursprünglich aus Jiangxi. Als Kind wollte er nach San Francisco auswandern, hat sich aber im Schiff geirrt und ist in Barcelona gelandet. Da er das lateinische Alphabet nie gelernt hat, hat er seinen Irrtum noch nicht bemerkt, und auch ich werde tunlichst vermeiden, ihn daraus zu befreien. Er ist verheiratet und hat vier Kinder: Pilarín (der Erstgeborene), Chiang, Wong und Sergi. Er arbeitet von Sonnenaufgang bis Sonnenuntergang, von Montag bis Samstag.

Der Sonntag ist sein Ruhetag, und er verwendet ihn, um zusammen mit seiner Familie die Golden Gate Bridge zu suchen (vergeblich). Sein Traum sei es, nach China zurückzukehren, sagt er, dafür arbeite und spare er. Er fragt mich, was ich beruflich mache. Um ihn nicht zu verwirren, sage ich, dass ich Bolero-Sänger bin. Ah, er liebe Boleros, sagt er, weil sie ihn an Jiangxi erinnerten, seine geliebte Heimat. Er lädt mich auf ein Gläschen chinesischen Schnaps ein, den er aus den Resten brennt, die seine Gäste auf ihren Tellern liegenlassen. Es ist eine braune, sirupartige Flüssigkeit von undefinierbarem, aber sehr aromatischem Geschmack.

00.00 Wir singen *Bésame mucho*. Noch ein Gläschen.

00.05 Wir singen *Cuando estoy contigo*. Noch ein Gläschen.

00.10 Wir singen *Tú me acostumbraste*. Noch ein Gläschen.

00.15 Wir binden uns mit Nudeln Pferdeschwänze, singen *Anoche hablé con la luna* und ziehen los, um die Golden Gate Bridge zu suchen. Zur Aufmunterung für unterwegs nehme ich die Flasche mit.

00.30 Auf der Calle Balmes singen wir *De nuevo frente a frente* und fragen jeden, der uns über den Weg läuft,

ob er eine Hängebrücke gesehen hat. Was für ein
Spaß!

00.50 Wir setzen uns vor den Eingang der Banco Atlántico und singen *Cuidado con tus mentiras*. Wir weinen.

01.20 Wir setzen uns auf die Treppe der Kathedrale und singen *Permíteme aplaudir por la forma de herir mis sentimientos*. Wir weinen.

01.40 Wir legen uns auf der Plaza San Felipe auf den Boden und singen *Más daño me hizo tu amor*. Wir weinen.

02.00 Wir umrunden die Sagrada Familia und singen aus vollem Hals. Die Golden Gate Bridge taucht nirgends auf, aber bei der dritten Runde tritt Subirachs an ein Fensterchen, um nachzusehen, was da unten los ist. Wir singen ihm *Voy a apagar la luz para pensar en ti*.

02.20 Wir halten ein Taxi an, steigen ein und sagen dem Fahrer, er soll uns nach China bringen. Im Taxi singen wir *Se me olvidó que te olvidé*.

02.30 Der Taxifahrer lädt uns vor der Tür eines Polizeireviers ab und will auch noch Geld dafür. Wir geben ihm keine Pesete Trinkgeld.

02.55 Nach einer polizeilichen Verwarnung kehre ich nach Hause zurück. Die Treppe krieche ich auf allen vieren hoch. Ich danke Gott, dass meine Nachbarin mich nicht in diesem unwürdigen Zustand sieht.

03.10 Alles dreht sich. Ich murmele einige Gebete und lege mich ins Bett. Noch immer nichts Neues von Gurb.

TAG 21

09.20 Ich erwache mit einem merkwürdigen Gefühl. Ich versuche mich zu erinnern, was gestern Abend passiert ist. Als es mir wieder einfällt, verstehe ich, warum ich Kopfschmerzen habe und mir kotzübel ist, aber nicht, warum ich innerlich so unruhig bin. So sehr ich auch darüber nachdenke, weiß ich nicht mehr, wann genau ich das Bett auf den Balkon gestellt habe. Und ich erinnere mich auch nicht daran, diese Bettwäsche mit frivolen Motiven gekauft zu haben. Ich vertreibe die Tauben, die gurrend auf der Decke sitzen, und stehe auf.

09.30 In der Hausapotheke ist kein Fruchtsalz, sondern Pfefferminzlikör. Bin ich jetzt völlig plemplem? Geschieht mir Suffkopf ganz recht.

09.40 Es klopft. Ich mache auf. Es ist ein junger Bursche mit einem Paket. In dem Paket zwölf Leinenanzüge von Toni Miró, die ich laut dem Boten gestern habe anfertigen lassen. Ich weiß nicht, wovon er redet, aber ich habe nicht die Kraft, ihm zu widersprechen. Ich zahle, er geht.

09.50 Es klopft. Ich mache auf. Es ist ein junger Bursche mit einer Kiste. In der Kiste fünf Kilo Beluga-

Kaviar und zwölf Flaschen Krugg-Champagner, die ich laut dem Boten gestern bei Semon gekauft habe. Keine Ahnung. Ich zahle, er geht.

10.00 Es klopft. Ich mache auf. Es sind Handwerker. Sie wollen den Jacuzzi einbauen, den ich gestern bestellt habe. Ich lasse sie machen, sie zücken einen Schweißbrenner und reißen Zwischenwände heraus.

10.05 Leicht benommen verlasse ich die Wohnung. Unsicheren Schrittes steige ich die Treppen hinunter. Um keinen Unfall zu erleiden, setze ich mich hin und lasse mich vorsichtig von Stufe zu Stufe gleiten. Als ich an der Tür meiner Nachbarin vorbeikomme, mache ich schneller, um bloß nicht in dieser demütigenden Pose erwischt zu werden.

10.12 Am Eingang erwartet mich die Portiersfrau mit *gerunzelter Stirn*. Ich will ihr ausweichen, aber sie stellt sich mir in den Weg. *So* kann das nicht weitergehen, sagt sie, sie sei sehr liberal, aber mit dem guten Ruf des Gebäudes dürfe man kein Schindluder treiben, was hätte ich mir nur dabei gedacht, *so* einen Skandal zu veranstalten. Wenn ich mir die Gesundheit ruinieren wolle, mein Geld zum Fenster rauswerfen und meinen eigenen guten Ruf zerstören, dann sei das meine Sache, aber *das andere* betreffe die ganze Nachbarschaft, und *so* was gehe gar nicht. Anschließend zerdeppert sie den (neuen) Besen auf meinem Kopf.

10.23 Ich steige in den Bus. Der Busfahrer fordert mich auf, wieder auszusteigen. Solange er der Fahrer sei, erklärt er, würden Typen wie ich keinen Fuß in seinen Bus setzen.

11.36 Nach einem ziemlich langen Fußmarsch erreiche ich das Krankenhaus, in dem Señora Mercedes liegt. Bevor ich eintreten darf, spritzen mich Krankenpfleger von Kopf bis Fuß mit Desinfektionsmittel ab. Ich frage mich, was hier vorgeht.

11.40 Señora Mercedes sieht schon viel besser aus als am Vortag. Und Señor Joaquín scheint seinen Optimismus wiedergefunden zu haben. Doch als Señor Joaquín mich sieht, *runzelt er die Stirn.* Egal, was passiere, sagt er zu mir, ich könne mich auf ihn verlassen. Sowohl er als auch seine Frau, Señora Mercedes, versichern mir, sie würden mich sehr mögen und seien überzeugt, dass ich im Grund ein guter Kerl sei, auch wenn ich manchmal Dummheiten anstellen würde. Schließlich schlage jeder mal ein bisschen über die Stränge, oder? Weil ich nicht weiß, was ich antworten soll, überreiche ich Señora Mercedes das Geschenk, das ich ihr mitgebracht habe (eine Totenmaske von Oliver Hardy), und gehe zur Tür mit der Absicht, den Raum durch sie zu verlassen. Bevor ich es tue, ruft Señora Mercedes nach mir. Ich drehe mich um und sinke vor dem Bett auf die Knie. Sie küsst mich auf die Stirn, während ihr dicke Tränen über die blassen, runzligen Wangen rinnen. Wir sehen aus wie die Figuren von *Wissenschaft und Nächstenliebe II*.

11.59 Ich gehe wieder nach draußen. Ein paar Kinder bewerfen mich mit Nilpferddung, den sie extra für diese Gelegenheit im Zoo besorgt haben. Und das, wo ich noch nicht mal gefrühstückt habe.

12.30 Da kein Taxi hält, so sehr ich auch mit den Armen fuchtele, bin ich fix und fertig, als ich zu Hause ankomme. Zweifellos bin ich ein Verdammter, aber noch weiß ich nicht, was ich verbrochen habe, um bei allen immer nur auf Ablehnung zu stoßen. Der Churros-Bäcker wollte mich nicht bedienen, und selbst Prenafeta verweigert mir den Gruß.

12.35 Ich betrete meine Wohnung. Die Handwerker sind weg. Eingebaut haben sie einen Jacuzzi, eine Sauna, eine Tanzfläche, ein beheizbares Schwimmbad, zwei Küchentheken, ein Fitnessgerät, einen Spielsalon und eine Opiumhöhle. Und alles in einer Sechzigquadratmeterwohnung!

12.45 Ich setze mich aufs Sprungbrett, um nachzudenken über das, was vor sich geht. Entweder ist eine Verschwörung gegen mich im Gange, an der sich alle Bewohner dieser vornehmen Stadt beteiligen, oder ich verhalte mich unmöglich, ohne mir dessen bewusst zu sein. Da Ersteres kaum vorstellbar ist, bleibt mir nichts anderes übrig, als Zweiteres anzunehmen. In diesem Fall muss ich auch im Hinblick darauf, dass ich mich bisher stets untadelig aufzuführen wusste, den Schluss ziehen, dass die Erde ein Gift ausdünstet, das mir schwer zusetzt. Oder zumindest Barcelona. Vielleicht sollte ich nach Huesca ziehen, um herauszufinden, wie ich mich dort verhalte. Es kann auch sein, dass meine Kreisläufe vom Mottenfraß befallen sind.

13.30 Ein Rascheln reißt mich aus meinen Gedanken. Jemand hat einen Umschlag unter der Tür durchgeschoben. Auf dem Umschlag ist kein Absender und in dem Umschlag nur ein Blatt, auf dem eine Nachricht folgenden Wortlauts steht:
Hallo Schnucki. Willst du so richtig Spaß haben? Wenn du Kohle hast, komm uns besuchen. Komfort und Diskretion garantiert. Edles Ambiente. Kauf und Verkauf von Videos. Carretera de Pedralbes, o. N. (fünf Minuten entfernt vom Up & Down).

13.45 Ich lese die Nachricht mehrmals. Ich weiß nicht, von wem sie stammt, aber ich bin mir sicher, dass darin der Schlüssel zu dem Geheimnis liegt. Ich weiß auch ganz genau, was ich zu tun habe.

14.05 Ich beginne ein Training von Körper und Geist, das jeder Weltraumkrieger absolvieren sollte, bevor er in den Kampf zieht. Stellung des Tigers: Ich mache ein Hohlkreuz, gehe in die Knie, weite den Brustkorb, beuge die Arme. Muskeln aus Stahl!

14.06 Ein stechender Schmerz.

14.24 Ich reibe mich großzügig mit Sloan-Wärmecreme ein und setze mein Training von Körper und Geist fort, das jeder Weltraumkrieger absolvieren sollte, bevor er in den Kampf zieht. Ich versuche, an gar nichts denken.

15.50 Mein Gott, ich habe doch tatsächlich geschlafen wie ein Murmeltier. Ich beschließe, das Training von Körper und Geist zu beenden, das jeder Weltraumkrieger absolvieren sollte, bevor er in den Kampf zieht. Ich wärme die Churros auf, die von gestern übrig sind, und esse sie mit starrem Blick in den Spiegel.

16.30 Um mich an das Milieu zu gewöhnen, in das meine Schritte (und mein unbeugsamer Wille) mich führen werden, beschließe ich, die Gestalt von Gilbert Bécaud anzunehmen, verkleidet als Ninja. Ich gehe nach draußen und verbreite Bewunderung und Schrecken.

17.00 Aus pädagogischen Gründen will ich mir im Multiplex-Kino den neuesten Film von Arnold Schwarzenegger ansehen. (Angenehm) überrascht stelle ich fest, dass der Film von der Generalitat de Catalunya finanziert und ausschließlich in Sant Llorenç de Morunys gedreht wurde. Ich schließe nicht aus, dass ich im falschen Kinosaal bin.

19.00 Ich komme aus dem Kino. Ich betrete ein Autohaus und erkläre dem Verkäufer, der mich bedient, was ich suche, nämlich einen weißen Aston Martin, mit dem ich Nägel abfeuern kann, um zu verhindern, dass Verfolger (des Fahrzeugs) es (das Fahrzeug) einholen können. Der Verkäufer sagt, das Modell, das ich suche, sei bestellt, aber noch nicht geliefert. Für den gleichen Preis verkauft er mir einen SEAT-850-Lieferwagen, der Schrauben und Muttern aus dem Auspuff feuert.

20.04 In der Calle Tuset stoße ich auf einen Trauerzug. Ich gehe drei Querstraßen weit mit und singe das *Pange Lingua*.

21.00 Ich bin einsatzbereit. Ich setze mich ans Steuer. Sicherheitsgurt. Helm. Dunkle Brille von Jean-Pierre Gaultier. Seidentuch von Gianfranco Ferré. Kassette von Prince. Aufkleber von Marlboro. Und ... Brumm! Brumm!

21.05 Die Diagonal ist wegen Bauarbeiten gesperrt. Ich umfahre sie in Richtung Carretera de Esplugas.

21.10 Die Carretera de Esplugas ist wegen Bauarbeiten gesperrt. Ich umfahre sie in Richtung Molins de Rey.

21.20 Die Auffahrt von Molins de Rey ist wegen Bauarbeiten gesperrt. Ich umfahre sie in Richtung Autobahn nach Tarragona.

22.20 Ich besichtige den Triumphbogen Arco de Bará, den Torre de los Escipiones, das Archäologische Museum und die Kathedrale (schönes Altarbild von Lluís Borrassà).

23.00 Zurück fahre ich über Teruel und Soria.

01.40 Ich parke das Auto vor einer unauffälligen Metalltür, die bewacht wird von zwei Mitarbeitern eines privaten Sicherheitsdienstes, zwei Beamten der Guardia Civil, zwei Beamten der Mossos d'Escuadra, zwei Beamten der Antiterror-Einheit GEO, zwei Mitarbeitern des Naturschutzinstituts ICONA und einer Einheit der Panzerdivision Brunete. Es ist nicht zu übersehen, dass das Lokal sehr exklusiv (und exkludierend) ist.

01.41 Ich werfe die Autoschlüssel in die Luft, der Parkwächter fängt sie gekonnt auf.

01.42 Der Türsteher bedeutet mir per Zeichensprache, dass ich den Ausweis vorzeigen soll. Ich zeige ihm den Personalausweis, den Führerschein, den Ausweis der Biblioteca de Catalunya, den des Videoclubs in der Calle Vergara und den der Marianischen Kongregation. Keiner wird akzeptiert.

01.43 Der Parkwächter gibt mir den Autoschlüssel zurück und sagt zur Entschuldigung, er habe nur die Maße von BMWs auswendig gelernt und daher Angst, beim Einparken mit den Scheinwerfern den Bürgersteig zu verbeulen.

01.44 Angesichts der Widrigkeiten beschließe ich, mein Vorhaben aufzugeben. Ich steige in mein Auto und trete den Rückzug an.

01.46 Ich muss an James Bond denken, der immer umso stärker dagegengehalten hat, je mehr man ihm ans Leder wollte. Ich schäme mich für meine Laschheit und trete voll auf die Bremse. Ich verliere die Ölwanne, die Kurbelwelle, das Fahrgestell und das witzige Schild mit der Aufschrift I [Herz] MEINE SCHWIEGERMUTTER.

01.50 Ich schleiche mich im Dunkeln an das Lokal heran. Zwischen den Zähnen habe ich ein Messer der Schweizer Armee. Ich flöße mir selbst Angst ein.

01.55 Problemlos finde ich das Gitter am Abzugsrohr der Klimaanlage. Ich öffne es mit dem Taschenmesser, das ausgestattet ist mit Schraubendreher,

Dosenöffner, Korkenzieher, Säge und einem halben Dutzend Lockenwicklern (wer hätte das gedacht, wo die Schweizer doch als so seriös gelten).

02.00 Ich krieche in das Abzugsrohr der Klimaanlage. Was für ein Abenteuer!

02.20 Ich robbe mich zwanzig Minuten lang durch diese ekelhaften Rohre, ohne einen Ausgang zu entdecken. Wenn ich wenigstens die Öffnung wiederfinden würde, durch die ich hineingekrochen bin. Dann würde ich nach Hause gehen, und James Bond könnte mich mal kreuzweise.

03.00 Ich krieche immer noch in den Rohren herum. Inzwischen muss ich schon mehrere Kilometer zurückgelegt haben. Es ist eiskalt, weil echten Managern immer heiß ist und die Klimaanlage deshalb auf Hochtouren laufen muss, egal, wo sie sich aufhalten, und egal, welche Jahreszeit herrscht. Außerdem ist es stockdunkel, aber das ist nicht so wichtig, weil ich auch im Dunkeln sehen kann, wodurch ich jeden Monat jede Menge Geld spare. Außerdem kann ich aufgrund dieser Fähigkeit den Hindernissen ausweichen, auf die ich unterwegs stoße: Ratten, Industrieabfälle, Steine und Leichen. Die Leichen weisen eindeutig Anzeichen von Erfrierungen auf. Nach oberflächlicher Untersuchung gelange ich zu dem Schluss, dass es sich um zweitrangige Manager handeln muss, denen der

Zutritt verwehrt wurde und die es auf dem gleichen Weg versucht haben wie ich.

03.40 In der Ferne mache ich einen leichten Schimmer aus. Das muss der Ausgang sein! Ich mobilisiere meine letzten Kräfte. Geschafft. Ein Gitter versperrt mir den Weg. Ich trete es auf und lasse mich durch die Öffnung gleiten. Ich lande auf einem Tisch, der für zwanzig Gäste gedeckt ist. Zum Glück ist keiner der Gäste da.

03.41 Wegen des Krachs eilt ein Kellner herbei und befiehlt mir, sofort den Tisch freizumachen. Er erklärt mir, dass dieser Tisch für Stéphanie von Monaco, ihren Verlobten und einige Begleiter reserviert ist. Eigentlich, fügt er hinzu, stamme die Reservierung vom 9. April 1978, und noch sei niemand erschienen, aber bei dieser Sorte von Gast halte es das Management des Lokals nicht für angebracht, die Reservierung aufzuheben. Einmal pro Woche, fährt der Kellner fort, würden die Tischdecken und Servietten gewaschen, das Geschirr poliert, die Blumengebinde erneuert, die Ameisen vernichtet und die Brötchen (Weißbrot, Vollkorn und Soja) durch frisch gebackene ersetzt. In einer Ecke steht ein halbes Dutzend mit Spinnweben überzogene Fotos.

03.44 Als ich mich einigermaßen von meinem Sturz erholt habe, sagt der Kellner, ich könne, falls ich dies wünsche, gerne an einem der freien Tische zu Abend essen, also an allen, denn die wahrhaft feinen Leute äßen nie vor fünf oder halb sechs Uhr morgens zu Abend, um nicht mit den gemeinen Menschen verwechselt zu werden, die eher früher zu Abend äßen, weil sie zeitig aufstehen müssten. Ich würde erst einmal ein Glas (Sekt) an der Bar trinken, sage ich.

03.45 Da mir der Sekt nicht bekommt, vertreibe ich mir die Zeit damit, die Bläschen zu zählen, ohne die Flüssigkeit zu mir zu nehmen, die sie (auf unerklärliche Weise) erzeugt, und dem Gespräch von drei Personen zu lauschen, die neben mir am Tresen sitzen. Das Gespräch wäre interessant, wenn der maßlose Sektkonsum seitens der Gesprächsteilnehmer nicht ein Magengrummeln hervorrufen würde, das alles übertönt. Trotzdem lässt sich leicht erschließen, worüber sie sich unterhalten, weil Katalanen immer nur ein Thema haben, nämlich ihren Beruf. Wenn zwei oder mehr Katalanen sich treffen, erzählt jeder von ihnen in aller Ausführlichkeit, was er beruflich macht. Mit sieben oder acht Begriffen (Alleinvertretung, Kommission, Auftragsbuch etc.) führen sie ein erhitztes Gespräch, das endlos dauern kann. Niemand liebt die Arbeit so sehr wie die Katalanen. Wenn sie dabei auch noch etwas zustande brächten, wären sie die Herren der Welt.

04.00 Eine junge, attraktive Frau kommt zu mir. Vollkommen zwanglos fragt sie mich, ob ich studiere oder arbeite. Ich antworte, eigentlich könne man diese Unterscheidung nicht treffen, denn wer fleißig studiere, verrichte die allerwichtigste Arbeit (für das Morgen), und wer mit all seinen Sinnen voll und ganz bei der Arbeit sei, lerne jeden Tag etwas Neues. Offenbar hochzufrieden mit meiner Antwort macht die Frau auf dem Absatz kehrt.

06.00 Die Stunden vergehen, ohne dass sich eine Spur ergibt. Ich glaube fast, dass meine Intuition mich zum ersten Mal im Stich gelassen hat. Die Leute sind gekommen, haben gegessen und sind wieder gegangen. Einige haben während ihres Geschäftsessens so viel abgenommen, dass sie sich noch vor dem Kaffee in Luft aufgelöst haben. Ich bin immer noch hier, sehe, wie ein Teller mit Seehecht nach dem anderen vorbeigetragen wird, und zähle die Sektbläschen. Man hat mir schon vier Mal ein neues Glas hingestellt, damit ich mich weiterhin zerstreuen kann. Lange werde ich nicht mehr bleiben.

06.15 Nur ich bin noch im Lokal. Der Schlaf übermannt mich. Ich glaube, ich bin schon zweimal unfreiwillig eingenickt, denn vor mir auf dem Tresen sind mehrere Dellen. Weil ich mich zurückziehen und die Suche für beendet erklären will, bitte ich um die Rechnung.

06.16 Als ich überlege, wie ich am sichersten vom Barhocker herunterkomme, tritt eine einzelne Person ein, stützt sich mit dem linken Ellbogen auf den Tresen und schnalzt mit Daumen und Zeigefinger der rechten Hand. Der Kellner eilt herbei, und die Person bestellt einen Whisky. Welcher Typ? Single Malt. Hohes Glas? Niedriges Glas. Mit Eis? Ja. Zwei Würfel? Drei. Etwas Wasser? Ja. Mineralwasser? Ja. Mit Kohlensäure? Ohne. Der Kellner geht weg. Die Person wird ohnmächtig.

06.20 Ich praktiziere Mund-zu-Mund-Beatmung und gebe der Person energische Ohrfeigen, damit sie das Bewusstsein wiedererlangt. Da ich beides gleichzeitig ausführe, gebe ich die meisten Ohrfeigen mir selbst.

06.25 Die Person kommt in dem Moment wieder zu sich, als der Kellner den Whisky bringt. Sie trinkt ihn in einem Zug und bricht zusammen. Alles wieder von vorne.

07.00 Die Person und ich verlassen gemeinsam das Lokal. Sie stützt sich an mir ab, ich stütze mich an den Wänden ab. Draußen zwitschern die Vögel, und die Sonne grinst mit feistem Gesicht am Horizont. Wir haben also schon ...

TAG 22

07.00 Das Gleiche wie im vorigen Absatz.

07.05 Mit einer Kraft, zu der ich einen so kümmerlichen Kerl nie für fähig gehalten hätte, entreißt sich mein neuer Freund (und Schützling) meinen Armen. Mehr noch: Er entreißt mir die Arme. Während ich sie wieder anbringe, bittet er mich um Entschuldigung. Um Gottes willen, das ist doch wirklich keine große Sache. Mein neuer Freund (und Schützling) erklärt mir, dass er entgegen allem Anschein nicht betrunken ist. Nur äußerst müde. Er hat seit mehreren Nächten nicht geschlafen. Seit Monaten nicht. Ich frage nach dem Grund.

07.30 Die Nöte des Managers: Lesen und partielles Verstehen der Börsennotierungen, Devisenmärkte, Zukunftsmärkte; dann Milchkaffee (fettarm), Zwieback mit Margarine, Tabletten; dann Duschen, Rasieren, wuchtiges Auftragen von Aftershave. Der Manager legt seine Rüstung an: Ermenegildo Zegna hier, Ermenegildo Zegna da. Gewaschen, gekleidet und gekämmt steigen die Kinder ins Auto des Managers. Papa bringt sie zur Schule. Gestern Abend haben sie bei der Mutter gegessen, aber beim Vater übernachtet. Heute Abend werden sie beim Vater essen, aber bei der Mutter übernachten, und morgen wird ihre Mutter sie zur Schule bringen, und er wird sie abholen, damit sie bei ihm oder bei ihrer Mutter (das werden sie telefonisch klären) zu Abend essen. Eines der Kinder ist seins, das andere hat er noch nie gesehen, fragt aber lieber nicht nach. Seit der (einvernehmlichen) Trennung von seiner Frau fragt er lieber nie jemanden irgendwas. Der Manager lenkt das Auto mit den Knien. Mit der rechten Hand hält er den Hörer des Autotelefons, mit der linken Hand stellt er im Radio einen Sender ein. Mit dem linken Ellbogen kurbelt er das Seitenfenster des Autos hoch und runter, mit dem rechten Ellbogen verhindert er, dass die Kinder mit der Gangschaltung des Autos spielen. Mit dem Kinn drückt er ununterbrochen auf die Hupe des Autos. Im Büro: Telex, Fax, Brief, Nachrichten auf dem Anrufbeantworter. Er geht seinen Terminkalender durch und gibt seiner Sekretärin Anweisungen. Sagen Sie den Termin um elf ab. Machen Sie mir einen Termin um zwölf. Bestellen Sie mir einen Tisch um vier im La Dorada. Sagen Sie ab, ich habe schon einen Tisch im Reno. Buchen Sie mir einen Flug nach München. Stornieren Sie den Flug heute Nachmittag nach Genf. Meine Tabletten. Der Manager nutzt kurze Ruhepausen, um Englisch zu lernen:

My name is Pepe Rovelló,
In shape no bigger than an agate stone
On the forefinger of an alderman,
Drawn with a team of little atomies
Athwart men's noses as they lie asleep.

Der Manager tanzt Sevillanas. Die Lehrerin schimpft mit ihm, weil man merkt, dass er nicht geübt hat. Der Manager übt sich auf seiner Kawasaki in der Kunst des Kastagnettenspiels. Wegen des Unfalls kommt er zu spät zum Club. Ohne das Flamenco-Kleid auszuziehen, spielt er zwei Partien Squash. Im Restaurant begnügt er sich mit einem Teller Staudensellerie (ungesalzen), einem Pfefferminztee und einer Cohiba. Tabletten, Verdauungssaft, Multivitaminpräparat. Die Leiden des Managers: Gastritis, Sinusitis, Migräne, Durchblutungsstörungen, chronische Verstopfung. Er verwechselt die Cohiba mit dem Zäpfchen. In der Aerobic-Stunde renkt er sich die Knochen aus. Der Orthopäde renkt sie wieder ein. Die Masseuse macht alles wieder zunichte. Noch ein Problem: Seine zweite Ex-Frau ist schwanger vom Ex-Mann seiner ersten Ex-Frau: a) Welchen Nachnamen soll das Neugeborene tragen? b) Wer muss die Ultraschalluntersuchung bezahlen? Noch ein Problem: Die Crew der Jacht hat gemeutert und betreibt jetzt Piraterie an der Costa Dorada.

07.50 Der Manager und ich verabschieden uns. Er hat den letzten Absacker getrunken, sagt er, und kann den Tag mit dem beruhigenden Gefühl beginnen, seine Pflicht erfüllt zu haben. Er zieht Helm und Handschuhe an. Ich frage ihn, ob er fit genug ist, um mit dem Motorrad zu fahren. Was? Mit dem Motorrad? Für wen ich ihn halte? In der Stadt benutzt er natürlich einen Flugdrachen.

08.00 Ich renne mehrmals die Carretera de Pedralbes rauf und runter, bis das Fluggerät endlich abhebt. Ich lasse die Drachenschnur los. Mein Freund verabschiedet sich aus der blauen Luft des Morgens: Adiós, adiós, uns bleibt immer Ampurdán.

08.05 Ich versuche, mich nach Hause zu schleppen. Entweder stimmt dieser (umgangssprachliche) Ausdruck nicht mit der Realität überein oder es gibt eine Methode, wie man sich selbst schleppen kann, die ich nicht kenne. Ich schlinge einen Arm um mich und lockere die Beine. Ich falle der Länge nach hin.

08.06 Während ich über diesen merkwürdigen Ausdruck nachdenke, fällt mein Blick auf eine Brieftasche. Eine oberflächliche Analyse ergibt, dass die Brieftasche ursprünglich einem Krokodil gehört hat. Eine eingehendere Analyse ergibt des Weiteren, dass die Brieftasche durch mehrere Hände gegangen ist und am Ende, bis zu ihrem Verlust, meinem neuen Freund, dem Manager, gehört hat. Jetzt gehört sie demjenigen, den ich mit meinem eigenwilligen Gerechtigkeitssinn zum Besitzer bestimme, haha. Temperatur: 23 Grad. Relative Luftfeuchtigkeit: 56 Prozent. Leichte Brise aus östlicher Richtung. See: leicht bewegt.

08.07 Ich untersuche den Inhalt der Brieftasche des Managers. Drei- oder viertausend Peseten, die ich umgehend in meine Hosentasche transferiere. Personalausweis, Führerschein, Kreditkarten und Mitgliedskarte zum Ausweis der Zugehörigkeit ihres Inhabers zur Welt der aktiven und herrschenden Wesen. Das Foto eines Wolfshunds neben einer Pinie. Also nichts.

08.10 Ich will die Brieftasche und ihren Inhalt gerade wegwerfen, da entdecke ich ein per Reißverschluss gesichertes Fach. Noch beherrsche ich den Umgang mit diesem merkwürdigen Mechanismus nicht (und verstehe auch nicht, wie etwas so Absurdes dermaßen verbreitet sein kann) und zerre so lange daran herum, bis er kaputtgeht. In dem Fach ist ein Foto. Eine sehr ansehnliche Frau. Auf der Rückseite des Fotos eine kurze Widmung: Schicki! Wer liebt dich? Cuqui.

08.11 So, so.

08.12 Ich beschließe, nach Hause zu fahren. Ein Taxi kommt vorbei, ich halte es an, steige ein. Im Radio laufen Nachrichten. Es gab einen weiteren Unfall im Atomkraftwerk von Vandellós. Ein Sprecher des Kraftwerks weist die Öffentlichkeit darauf hin, welche Vorteile es hat, ein Mutant zu sein. Überraschen Sie Ihre Familie jeden Tag!, ruft er. Der Taxifahrer scheint nicht überzeugt zu sein. Wenn er was zu sagen hätte, würde er das Atomkraftwerk in den Nationalpark Coto de Doñana verlegen. Dann würden diese scheißgeschützten Arten schon sehen, sagt er.

08.30 Ich verschwinde schnell in der Wohnung. Die Nachbarschaft wird immer feindseliger. Die Portiersfrau hat sich aus dem Besenstiel ein Blasrohr gebastelt und schießt jetzt in Curare getauchte Pfeile auf mich. Ein Nachbar schüttet siedend heißes Öl durch den Schacht im Treppenhaus, wenn er mich kommen hört. Ein anderer Nachbar hat Taranteln in meiner Wohnung ausgesetzt. Ich muss mich gründlich mit Cucal einsprühen.

08.45 Ich muss dieses Missverständnis aus der Welt schaffen. Heute Nachmittag werde ich alle Nachbarn einladen. Ich werde ihnen eine Kleinigkeit zu essen servieren, mir (geduldig) ihre Beschwerden anhören und mich vor aller Augen rehabilitieren. Wenn jemand kurz in den Pool springen will, darf er das gratis tun.

08.50 Ich muss die Sachen für die Party einkaufen. Ich nehme die Gestalt von Alfons dem Großmütigen (1396–1458) an und gehe los.

09.00 Ich kaufe zwei Dutzend Brioches, eine Packung Margarine, hundert Gramm Mortadella, eine Limonade.

09.10 Ich kaufe Papierlampions, Luftballons, Luftschlangen.

09.20 Ich gehe wieder nach Hause. Skorpione im Briefkasten, eine Kobra im Fahrstuhl, Napalm im Treppenhaus.

09.50 Ich habe die Brötchen fertiggeschmiert. So richtig appetitlich sieht es nicht aus, vielleicht weil ich kein Messer hatte und stattdessen die Greifzange benutzt habe.

10.00 Ich schreibe die Einladungen. Es ist mir eine Ehre, Don ... und Frau zu einem Empfang einzuladen, der am so und so vielten um so und so viel Uhr usw. Um dunklen Anzug wird gebeten bla bla bla. Sie sind richtig gut geworden.

10.05 Ich stecke die Kärtchen in die jeweiligen Umschläge. Ich fahre mit der Zunge über den gummierten Rand der Umschläge, damit diese (an sich selbst) kleben bleiben. Die Gummierung ist so lecker, dass ich nicht anders kann, als drei Umschläge und die zugehörigen Kärtchen zu verschlingen. Während dieser Aktion denke ich, wie glücklich ich sein könnte, wenn alles wunschgemäß verlaufen würde: die Kneipe von Señora Mercedes, meine Nachbarin usw. Ich zähle die Tage bis Weihnachten.

10.15 Ein Rascheln reißt mich aus meinen Gedanken. Jemand hat einen Umschlag unter der Tür durchgeschoben. Auf dem Umschlag ist kein Absender. Und in dem Umschlag ist ein einziges bedrucktes Blatt mit folgendem Text:
Na, hattest du Spaß gestern Nacht?
Dann kannst du heute noch mehr Spaß haben, wenn du mich besuchen kommst. Ich bin eine Götterspeise mit Sirup und Honig, Aromastoffen und Konservierungsmitteln (E 413, E 642), nur für dein Tigermäulchen.
Calle del Turrón de yema, 5, Dachgeschoss 2 a
(Ecke Travesera de las Corts).
PS. Vergiss deine Nachbarn, das sind alles Spießer.

10.25 Da offenbar jemand alles daransetzt, meine Resozialisierung zu sabotieren, zerreiße ich die Einladungen, esse alle Brioches und verbrenne die Lampions. Aus den Luftschlangen mache ich mir einen Hawaii-Rock.

10.40 Ich tanze eine Weile, dann wird mir langweilig.

10.45 Ich rufe im Krankenhaus an, wo Señora Mercedes sich weiterhin erholt. Ich spreche mit Señor Joaquín. Wie sieht's aus? Sehr gut, sehr gut. Der Arzt hat gesagt, Señora Mercedes könne nach Hause, wann immer sie wolle. Er natürlich auch. Vielleicht seien beide morgen schon wieder in der Kneipe. Das ist eine gute Nachricht, über die ich mich sehr freue. Wir legen auf.

11.00 Es ist ein sonniger, klarer, trockener Morgen und nicht so heiß wie in den Tagen zuvor. Ich beschließe, einen Spaziergang zu machen. Wo soll ich hin?

11.05 Ich beschließe, ein Kunstmuseum zu besuchen. Kunst ist ein Thema, in dem ich nicht so bewandert bin. Ehrlich gesagt machen wir uns auf unserem Planeten nicht so viel daraus, teils, weil wir von Geburt an farbenblind und weitsichtig sind, teils, weil uns die Sache mit der Ästhetik ziemlich schnuppe ist. Aus diesem Grund und weil ich keine natürliche Neigung (und Fähigkeit) zum Lernen habe, ist meine Bildung auf diesem Gebiet etwas lückenhaft. Würde mich jemand fragen, welche Maler ich kenne, würde ich sagen: Piero della Francesca, Tàpies, und das war's.

11.30 Ich materialisiere mich im Museo de Arte de Cataluña. Wegen Umbau geschlossen.

11.45 Ich materialisiere mich im Museo de Arte Contemporáneo. Wegen Umbau geschlossen.

12.00 Ich materialisiere mich im Museo Etnológico. Wegen Umbau geschlossen.

12.20 Ich materialisiere mich im Museo de Arte Moderno. Wegen Umbau geschlossen. Die Direktorin erklärt mir, die verantwortliche Behörde habe beschlossen, das Museum moderner zu gestalten und es zu einem multisektoralen, interdisziplinären und, wenn das Budget es erlaube, interaktiven Zentrum zu erweitern. Zu diesem Zweck werde ein fünfzehnstöckiger Bau errichtet, in dem zwei Theater, vier Cafés, ein Souvenirshop, ein Altersheim, die Gemäldesammlung des Museums, die Zerrspiegel des Tibidabo und die Heftpflastersammlung Planelles beherbergt sein würden. Die Umbauten, die ursprünglich bis 1992 hätten abgeschlossen sein sollen, könnten nicht vor 1998 beginnen. Für den Umbau seien die Gemälde in die Hafenhallen ausgelagert worden, die eine andere städtische Kommission vergangenen Monat habe abreißen lassen. Daher sei es sehr wahrscheinlich, dass die Gemälde jetzt, in diesem Augenblick, irgendwo im Mittelmeer trieben. Trotzdem, fügt sie hinzu, sollte ich das Museum unbedingt besuchen, weil an diesem Vormittag ein Mammut angeliefert worden sei, der so lange hier untergebracht werden soll, bis die Umbauten des derzeit wegen Umbauten geschlossenen Naturhistorischen Museums abgeschlossen seien.

13.00 Wo ich schon mal im Parque de la Ciudadela bin, beschließe ich, den restlichen Vormittag hier zu verbringen. An einem Stand kaufe ich eine Schachtel Polvorones aus Estepa (Familienpackung) und setze mich ans Ufer des Teichs, um sie zu essen. Weil die Sonne gnadenlos brennt, macht mir niemand Platz oder Stuhl streitig. Ein paar Enten gleiten friedlich vorbei. Ich gebe ihnen ein Polvorón. Sie fressen es und sinken auf den Grund des Teichs.

14.00 Mittagessen im Siete Puertas. Glasaal, Garnelen, Nieren, Hoden, geschmorte Schweineschnauze, zwei Flaschen Vega Sicilia, Crema Catalana, Espresso, Cognac, eine Montecristo Nr. 2, und dann ist mir alles egal.

16.30 Ich gehe zu Fuß zum Schloss Montjuïc hinauf, um das Essen zu verdauen.

17.30 Ich gehe zu Fuß vom Schloss Montjuïc hinunter, um das Essen zu verdauen.

18.30 Ich gehe zu Fuß zum Schloss Montjuïc hinauf, um das Essen zu verdauen.

19.00 Ich esse ein paar Churros in der Calle Petritxol.

20.00 Ich gehe zum Treffpunkt meiner Verabredung, wo ich um 20.32 Uhr ankomme.

20.32 Wie gesagt.

20.33 Als ich die Eingangshalle des Gebäudes betrete, stellt sich mir ein elegant gekleideter Concierge in den Weg. Wo ich hinwill? Zum Dachgeschoss Nr. 2, Señor Concierge. Ach, ja? Und darf man wissen, was ich im Dachgeschoss Nummer 2 will? Jemanden treffen, mit dem ich verabredet bin. So, so, *verabredet*. Das ist leicht dahingesagt. Also, Freundchen, wie heißt die Person, mit der du angeblich *verabredet* bist? Es ist eine junge Frau, aber ich kann mich gerade nicht an ihren Namen erinnern. Ah, eine junge Frau … Vielleicht Señorita Piloski? Ja, genau die. Dann hast du Pech, Junge, Señorita Piloski ist vor vierzig Jahren gestorben, just als ich als Concierge angefangen habe in diesem Gebäude, das gegen den Zutritt von Eindringlingen und Hochstaplern zu verteidigen ich die Ehre habe. Schon gut, schon gut, vielleicht hieß sie gar nicht so. War es nicht vielleicht Señorita Sotillo, Gott hab sie selig?

21.30 Als wir zweiundfünfzig Señoritas durchgegangen sind und ein Gebet für die ewige Ruhe ihrer Seelen gesprochen haben, beschließe ich, dem Concierge einen Fünftausendpesetenschein zuzustecken.

21.31 Der Concierge höchstselbst bringt mich im Fahrstuhl nach oben und singt leise ein Lied, damit ich die fehlende Hintergrundmusik nicht vermisse.

21.32 Der Concierge fährt wieder nach unten. Ich stehe allein im Flur. Ich klingle. Dingdong. Stille. Dingdong. Nichts. Zum Glück steht im Treppenhaus ein Blumentopf, in den ich meine Nervosität erleichtern kann.

21.34 Ich klingle noch einmal. Dingdong. Leise Schritte nähern sich. Ein Guckloch geht auf. Ein Auge betrachtet mich. Wenn ich ein Stäbchen zur Hand hätte, würde ich es hineinstechen.

21.35 Das Guckloch geht zu. Die Schritte entfernen sich wieder. Stille.

21.36 Die Schritte nähern sich erneut. Ein Riegel wird aufgeschoben, ein Schlüssel im Schloss gedreht. Langsam öffnet sich die Tür. Und wenn ich schnell die Treppe runterrenne? Nein, nein, ich bleibe da.

21.37 Die Tür ist jetzt weit geöffnet. Eine Frau in Morgenmantel und Pantoffeln drückt mir die Mülltüte in die Hand. Gleich darauf entschuldigt sie sich. Im dunklen Flur und ohne Brille hat sie mich für den Concierge gehalten. Um die Uhrzeit kommt er nämlich immer, wissen Sie? Ja, ich habe mich zweifellos in der Tür geirrt. Ja, diejenige, die ich suche, wohne gleich gegenüber. Nein, nein, das mache doch nichts. Ja, das passiere vielen Männern. Die Nerven. Ja, alle pinkeln in die Yucca-Palme, kein Wunder, dass sie so prächtig gedeihe. Wo ich schon mal hier sei, würde es mir etwas ausmachen, den Müll runterzubringen? Die Sendung von Ángel Casas fange gleich an, die möchte sie nicht verpassen. Ja, die Sendung sei schon ein bisschen frivol, aber so leicht bringe sie nichts aus der Fassung. Los, Junge, mach schon oder du musst den Müll doch noch zum Container bringen.

21.45 Ich fahre wieder mit dem Fahrstuhl hoch und klingle an der anderen Tür.

21.47 Ein junger Mann macht auf. Habe ich mich schon wieder in der Tür geirrt? Nein. Die Señorita erwarte mich. Wenn ich die Güte hätte, bitte, hier entlang.

21.48 Wir gehen über einen Flur. Teppichboden, Vorhänge, Gemälde, Blumen, betörendes Parfüm. Bestimmt werde ich hier bis aufs Hemd ausgezogen.

21.49 Vor einer mit rotem Plüsch tapezierten Tür bleiben wir stehen. Die Person, die mich begleitet, sagt, hinter der Tür sei die Señorita. Sie erwarte mich. Er, sollte ich es nicht aus seinem Auftreten geschlussfolgert haben, sei der *Butler*, sagt er. Er könne aber auch Karate, fügt er hinzu. Tatsächlich, erläutert er, könne er Karate besser als das andere. Also keine Dummheiten. Ich verspreche, keine zu begehen. Ich weiß nicht, was das Wort *Butler* bedeutet, aber er sagt es so, dass man das Schlimmste befürchten muss.

21.50 Die Tür geht auf. Ich zögere. Eine bekannte Stimme bittet mich herein: Los, Mann, rein mit dir. Ist das denn die Möglichkeit?

21.51 Ist es!

02.40 Bis in die Puppen erzählen wir uns gegenseitig von unseren Abenteuern. Auch Gurb war kein Glück beschieden. Zuerst kam der Uniprofessor, sagt er. Er hat ihm gefallen, aber er musste ihn verlassen, weil er darauf bestanden habe, dass er seine Doktorarbeit schreibe. Dann kamen andere. Gesucht hat er einen ernsthaften, feinsinnigen Menschen, sagt er, jemanden wie José Luis Doreste, aber verliebt hat er sich immer in Taugenichtse. Es sei ihm deshalb so ergangen, sage ich, weil er sich in eine Lebedame verwandelt habe. Gurb erwidert, das stimme nicht. Vielmehr sei es so, dass ich immer mit einem Stock im Hintern durchs Leben ginge. Wir streiten uns, bis der *Butler* eingreift und uns (mit äußerster Diskretion) daran erinnert, dass Außerirdische auf einer Spezialmission ihre Zeit nicht damit verschwenden sollten, sich wie zwei alte Waschweiber zu zanken. Und schon gar nicht, fügt er hinzu, wegen so einem Quatsch. Er könnte uns, sollten wir dies wünschen, von wirklich herzzerreißenden Fällen berichten. Von Fällen, sagt er, die uns zu Tränen rühren würden. Denn er habe, sagt er, schon vieles erlebt. In seiner Familie seien sie zu fünfzehnt gewesen. Er sei zwar ein Einzelkind, doch er habe zwei Eltern, vier Großeltern und acht Urgroßeltern gehabt, die einfach nicht den Löffel hätten abgeben wollen. Als er klein gewesen sei, hätten sie so sehr gehungert, dass sie die Lebensmittelmarken aufgegessen hätten, bevor sie sie gegen Reis, Linsen, dunkles Brot und Milchpulver hätten eintauschen dürfen. Angesichts dieses Leids und bevor sich das Ganze noch ewig hinzieht, vergießen wir reichlich Tränen, bezahlen ihm die geleisteten Stunden und entlassen ihn.

02.45 Gurb zeigt mir die Wohnung. Ideal. Er habe *alles* persönlich ausgewählt. Ich vergleiche (innerlich) diese Wohnung mit meiner und ich schäme mich *in Grund und Boden*.

02.50 Gurb öffnet eine dicke Holztür und zeigt mir das, was er sich erst jüngst hat einbauen lassen: die Sauna. Natürlich hat er sie noch nie benutzt und gedenkt es auch nicht zu tun, sondern hält darin bloß seine Churros warm.

02.52 Während ich mir den Bauch mit Churros vollschlage, frage ich ihn, ob er meine jüngsten Missgeschicke verursacht habe. Er bestätigt es, aber er habe es mit der besten Absicht getan. Die telepathische Kommunikation hat den Vorteil, dass man dabei auch mit vollem Mund sprechen kann. Ich frage ihn, warum er meinen Lebensentwurf vereitelt und mich in den Augen der Welt zu einem Suffkopf gemacht habe, und er erwidert, er habe doch nicht zulassen können, dass ich als jemand ende, der in der Kneipe von Señor Joaquín und Señora Mercedes Kaffee serviert, und noch viel weniger, dass ich etwas mit meiner Nachbarin anfange, auch wenn die Wahrscheinlichkeit, fügt er *spöttisch* hinzu, dass es dazu komme, äußerst gering sei, denn meine Vorgehensweise sei unterirdisch. Wir bekommen uns wieder in die Haare, bis es klopft. Wir machen auf. Es ist der Nachbar von nebenan, der sich beschwert, weil er nicht schlafen kann. Wenn wir uns schon streiten wollten, sagt er, dann bitte auch lautstark wie alle anderen, Geschrei und zerdepperte Teller sei er gewohnt. Telepathische Kommunikation hingegen sei über den Fernseher zu hören, und das sei so was von nervig.

03.00 Da es sehr spät ist, beschließen wir, schlafen zu gehen und die Unterhaltung morgen fortzusetzen. Bevor wir uns ins Bett legen, beten wir den Rosenkranz. Bei den freudenreichen Geheimnissen muss ich Gurb rügen, weil ich ihn dabei erwische, wie er heimlich die Zeitschrift *Marie Claire Maison* durchblättert.

03.15 Ich zwinge Gurb, sich die Zähne zu putzen. Wer weiß, wie lange er sie schon nicht mehr geputzt hat, *comme il faut*.

03.20 Ich frage Gurb, ob er mir einen Pyjama leihen kann. Er zeigt mir den Schrank mit den Dessous. Ich sehe lieber nicht genauer hin.

03.30 Gurb legt sich in sein Bett, ich lege mich aufs Sofa im Wohnzimmer. Die Tür zwischen uns lehnen wir an. Gute Nacht, Gurb. Bis morgen. Schlaf schön. Du auch. Träum was Süßes, Gurb.

03.50 Gurb. Was? Schläfst du schon? Nein, und du? Ich auch nicht. Möchtest du ein Glas Milch? Nein, danke.

04.10 Gurb. Was? Was denkst du gerade? Nichts, und du? Dass wir jetzt, wo wir uns gefunden haben, auf unseren geliebten Heimatplaneten zurückkehren können. Ah.

04.20 Hör mal. Was, Gurb? Hast du überhaupt Lust, auf unseren geliebten Heimatplaneten zurückzukehren? Na klar, du nicht? Ach, ich weiß nicht so genau. Ehrlich gesagt, finde ich es dort stinklangweilig. Tja, Gurb, ein bisschen recht hast du schon, aber was wäre die Alternative? Na, wir könnten einfach hierbleiben. Und was tun? Na ja, tausend Sachen. Zum Beispiel? Wir beide könnten eine Kneipe aufmachen. Sieh mal einer an: Als ich die Kneipe von Señor Joaquín und Señora Mercedes übernehmen wollte, hast du mir Knüppel zwischen die Beine geworfen, und jetzt, wo du so tust, als wäre es deine Idee, soll ich es gut finden. Das ist doch nicht zu vergleichen. In der Kneipe von Señor Joaquín und Señora Mercedes waren immer nur Rentner, aber mir schwebt was ganz anderes vor: Top-Design, Live-Musik, Billard, Tarot, geöffnet bis in den frühen Morgen und samstags eine Miss-Tanga-Wahl. Hm. Versprich mir, wenigstens drüber nachzudenken. Versprochen.

04.45 Hör mal, Gurb. Was? Glaubst du wirklich, dass so was Geld abwirft? Bah, wer denkt schon an Geld? Ich. Okay, mach dir keine Sorgen: Diese Art von Lokalen wirft immer Kohle ab. Ja, mag sein, am Anfang, aber in der nächsten Saison ist eine andere Kneipe angesagt, dann kannst du dir dein Design sonst wohin stecken. Na, und? Wenn das Geschäft nicht mehr läuft, machen wir eben was anderes. Diese Stadt ist eine Goldgrube. Und wenn wir die Nase voll haben, gehen wir nach Madrid. Mann, das hier ist das Schlaraffenland. Allein schon der Air-Shuttle-Service zwischen Madrid und Barcelona ist unbezahlbar. Ich weiß nicht, mir kommt das alles nicht sehr solide vor. Hör mal, wenn du dich um deine Zukunft sorgst, musst du nur einen Pensionsfonds anlegen. Bei einer Lebenserwartung von neuntausend Jahren wird dir die Sparkasse allerdings was husten. Und jetzt lass mich schlafen. Schon gut, Gurb, sei nicht gleich sauer auf mich. Ich bin nicht sauer, aber schlaf jetzt. Gute Nacht, Gurb. Gute Nacht.

TAG 23

10.13 Ein lautes Klingeln weckt mich auf. Wo bin ich? Auf einem Sofa. Was ist das für ein schönes Wohnzimmer? Ah, jetzt erinnere ich mich wieder. Wo ist Gurb? Die Tür zu seinem Schlafzimmer ist zu. Offenbar schläft er noch tief und fest. Er war schon immer ein Langschläfer. Im Gegensatz zu mir, einem Frühaufsteher und Arbeitstier. Es klingelt immer weiter.

10.15 Ich klopfe sacht bei Gurb. Keine Antwort. Ich beschließe, selbst an die Tür zu gehen.

10.16 Es ist ein junger Kerl mit einem Strauß Lilien. Für die Señorita, sagt er. Ich gebe ihm zehn Peseten Trinkgeld, und er gibt mir den Blumenstrauß. Ich schließe die Tür.

10.18 In der Küche. Ich notiere die zehn Peseten, die ich aus eigener Tasche bezahlt habe, die aber streng genommen Gurb bezahlen müsste. Ich suche eine Vase. Als ich eine finde, fülle ich sie mit Wasser und ordne die Blumen so hübsch an, wie ich kann. Das Ergebnis lässt zu wünschen übrig. Vielleicht hätte ich die Stängel nicht so stark kürzen sollen. Für Reue ist es jetzt zu spät.

10.21 Ich öffne den Umschlag, der dem Strauß beigefügt ist. Er enthält ein handgeschriebenes Kärtchen. Ich sollte es nicht lesen, aber ich tue es trotzdem. Für meine wunderschöne Cuqui mit einer Million Küsse schmatz schmatz schmatz schmatz schmatz schmatz schmatz schmatz schmatz schmatz Pepe.

10.24 Es klingelt. Ich beschließe, selbst an die Tür zu gehen. Es ist ein junger Kerl, der eine Kiste Eistrüffel abgibt. Zehn Peseten.

10.26 Ich notiere die Ausgaben. Die Schachtel Eistrüffel stelle ich ins Gefrierfach. Ich hole sie wieder heraus, esse zehn Trüffel, verteile den Rest so, dass man es nicht merkt, und stelle die Schachtel wieder ins Gefrierfach. Ich lese das Kärtchen. Ich traue mich nicht wiederzugeben, was darauf steht. Temperatur: 25 Grad. Relative Luftfeuchtigkeit: 75 Prozent. Leichter Wind aus Südwest. See: schwach bewegt.

10.29 Es klingelt. Ich beschließe, selbst an die Tür zu gehen. Es ist ein junger Kerl, der ein Körbchen abgeben will. In dem Körbchen eine Duftseife, ein Duschgel, Bodymilk, Schwamm, Eau de Toilette. Zehn Peseten. Ich bringe das Musterkörbchen ins Bad. Das Kärtchen werfe ich (ohne es zu lesen) ins Klo und betätige die Spülung. Ich notiere die Ausgabe. Es klingelt.

10.32 Ich beschließe, selbst an die Tür zu gehen. Diesmal ist es kein junger Kerl, sondern ein Schrank von Kerl. Er hat nichts in den Händen und sagt, er möchte mit der Hausherrin sprechen. Ich antworte, die Hausherrin sei gerade nicht sichtbar. Falls er es wünsche, könne er später wiederkommen oder mir seine Visitenkarte dalassen. Der Schrank von Kerl fragt mich, ob ich zufällig der Ehemann der Hausherrin sei. Nein, Señor, mitnichten. Dann vielleicht ihr Partner? Nein. Ihr Freund? Auch nicht. Wer ich dann sei und was zum Teufel ich hier zu suchen hätte. Ich bin der *Butler*, erwidere ich, und ich kann Karate, also keine Dummhciten, verstanden?

10.34 Der Schrank von Kerl poliert mir die Visage und geht. Wenigstens habe ich die zehn Peseten gespart.

10.36 Ich taste mich an den Wänden entlang zur Küche, als Gurb mir entgegenkommt. Das Hämmern meines Kopfes gegen den Fußabtreter, den Türpfosten und den Türsturz haben ihn aufgeweckt. Ich berichte ihm, was passiert ist, doch statt mir Mitgefühl zu zeigen, fängt er an zu lachen. Als er sieht, dass ich *die Stirn runzle*, unterdrückt er sein dümmliches Grinsen und erzählt mir, dass der Schrank von Kerl ein eifersüchtiger Verehrer sei, der ihm seit einigen Tagen nachstelle. Gestern zum Beispiel habe er dem vorigen *Butler* zwei

Zähne ausgeschlagen. Er ist sehr gewalttätig und leidenschaftlich, sagt er. Deswegen möge er ihn, fügt er hinzu.

10.40 Ich desinfiziere die Wunden mit Wasserstoffperoxyd. Ich bin so sehr mit Blutergüssen überzogen, dass ich mich in Tutmosis II. verwandle und mir so das Verbandszeug spare.

11.00 Als ich aus dem Bad komme, höre ich, dass Gurb nach mir ruft. Ich gehe nach draußen auf den Balkon und stelle (mit Genugtuung) fest, dass er Frühstück gemacht und es auf einem Marmortischchen angerichtet hat, unter einem Sonnenschirm. Enttäuschung: eine halbe Pampelmuse, Tee mit Zitrone, Toastbrot mit Butter und englischer Orangenmarmelade. Ich vermisse das Auberginenomelette und das Bier aus der Kneipe von Señora Mercedes und Señor Joaquín, aber ich esse, was Gurb mir vorsetzt, und verkneife mir jeden Kommentar. An den Fenstern und auf den Dachterrassen der Nachbarschaft sieht man überall Ferngläser, Fernrohre und Teleskope, die auf Gurbs lachsfarbenen Morgenrock aus Seide ausgerichtet sind. Ich erwäge, einen Dematerialisierungsstrahl auf die Schaulustigen zu richten, aber tue dann lieber so, als würde ich nicht bemerken, was vor sich geht.

11.10 Im Nu haben wir zu Ende gefrühstückt. Gurb zündet sich eine Zigarette an. Ich fingiere einen heftigen Hustenanfall, damit er bemerkt, dass Zigarettenrauch stört und außerdem extrem gesundheitsschädlich ist. Wenn er sich vergiften will, soll er sich vergiften, aber nicht auch noch alle anderen zwingen, verseuchte Luft einzuatmen. Die gesundheitsfördernde Botschaft, die sich hinter meinem Hustenanfall verbirgt, stößt auf taube Ohren: Gurb raucht einfach weiter, und ich huste mir die Kehle wund.

11.15 Ich frage Gurb, ob er das gestern Nacht ernst gemeint hat. Gurb fragt seinerseits, was ich meine. Was denn wohl: das mit der stylischen Bar. Natürlich meine er das ernst. Und das mit der Miss Tanga? Meine er das auch ernst? Natürlich, sagt er. Und könnte ich die Moderation übernehmen? Selbstverständlich, sagt er. Und der Gewinnerin die Banderole umlegen? Alles, wozu ich Lust hätte, sagt er. Einen Vorteil müsse es ja haben, der Besitzer der Kneipe zu sein.

11.20 Ich räume das Frühstück ab und bringe alles in die Küche. Gurb bleibt auf dem Balkon und liest *La Vanguardia*. Ich stelle die Teller, die Tassen und das Besteck in die Spülmaschine.

11.30 Ich poliere das Silber auf Hochglanz.

12.30 Ich sauge und wechsle den Beutel.

13.00 Ich putze die Fenster. Ich bete zu Gott, dass es nicht regnet.

13.30 Ich wasche Wäsche. Ich bügle Bettlaken. Ich entdecke ein altes, zerschlissenes Laken und mache Putzlappen daraus.

14.00 Ich frage Gurb nach den Essenszeiten in diesem Haus. Antwort: In diesem Haus gibt es keine Essenszeiten. Was ihn angehe (also Gurb), erwarte man ihn in einer halben Stunde im Café de Colombia, im La Vaquería und im Dorado Petiti (in dem von Barcelona und in dem von Sant Feliu). Einladungen nehme er immer nur im Dreierpack an, sagt er, um sich erst in der letzten Minute entscheiden zu können. Was mich angehe, könne ich mir etwas zu essen machen aus dem, was noch im Kühlschrank ist, sagt er.

14.30 Gurb duscht, trägt Parfüm auf, kämmt sich, zieht sich an, schminkt sich. Er bittet mich, ihm ein Taxi zu rufen. Mamma mia, immer auf den letzten Drücker und immer überall zu spät, ruft er. Das ist doch kein Leben, ruft er. Ich will ihm sagen, dass er diese Aufregungen vermeiden könnte, wenn er früher aufstehen und nicht so herumtrödeln würde, aber er ist schon weg. Ich muss die Kleidung aufsammeln, die er einfach überall hat liegen lassen.

14.50 Im Kühlschrank sind nur eine halbleere Flasche Sekt, eine verwelkte Orchidee und einige Reagenzgläser, deren Inhalt ich lieber nicht analysiere.

15.00 Ich esse am Tresen der Casa Vicente. Salat der Saison oder Gazpacho, Makkaroni und Hühnchen, 650 Peseten. Brot, Getränke, Nachtisch und Café extra. Mit Mehrwertsteuer und Trinkgeld komme ich auf 900 Peseten.

16.00 Zurück in Gurbs kleiner Wohnung. Über dreißig Nachrichten auf dem Anrufbeantworter. Ich höre mir die ersten vier an und gehe die Post durch: alles nur Rechnungen.

16.40 Zwei Fotoalben. Zeitungsausschnitte: Gurb in Sa Tuna, Gurb im Zarzuela-Palast, Gurb beim San-Fermin-Fest. Ein schiefes und verwackeltes Polaroidfoto: Gurb mit einem Unbekannten auf einer Straße, eventuell in Paris. Gurb, wie er in Venedig das Hotel Danieli betritt, Gurb, wie er aus Harry's Bar kommt. Als Schirmherrin bei der Studiumsabschlussfeier der Bergbauingenieure. Wie er nach der Modenschau Yves Saint Laurent umarmt. In einem Straßencafé auf der Castellana mit Mario Conde. Wie er mit I. M. Pei and Partners tanzt. Als Schirmherrin des Torpedoboots *José María Pemán*. In einem Straßencafé auf der Castellana mit den beiden Albertos. Wie er Sotheby's betritt. Beim Shoppen mit Raissa im Saks Fifth Avenue. Mister

Saks und Mister Fifth, wie sie ihre illustren Kundinnen bedienen: *Dear* ladies, *dear* ladies! Als Schirmherrin des ersten (und letzten) im Madrider Zoo geborenen Nashorns. In einem Straßencafé auf der Castellana mit den beiden Marcelinos. Beim Tanzen mit Akbar Hāschemi Rafsandschāni.

17.08 Ich gehe zum Supermarkt um die Ecke. Essen, Reinigungsmittel, Wein, Zitronenlimonade, Kleenex, insgesamt 13 674 Peseten. Die Quittung bewahre ich auf. Die Zahlen für die Verlosung eines Honda Civic behalte ich für mich.

17.30 Zurück in Gurbs kleiner Wohnung. Ich schaue im Fernsehen *Los mundos de Yupi*.

18.00 Ich schaue die Abendnachrichten *Avanç de l'informatiu vespre*.

18.30 Ich schaue *Maritrapu eta mattintrapuren abenturak*. Danach Videoclips.

20.00 Ich mache in einem Topf Wasser heiß. Ich gebe Salz hinzu. Dann Karotten, Kartoffeln, Weißkohl, Lauch, Staudensellerie, einen Hühnerflügel, einen Rinderknochen. Ich sehe auf die Uhr.

21.30 Ich schalte den Herd aus. Ich decke den Tisch. Ich gieße die Pflanzen auf dem Balkon.

22.30 Ich esse allein zu Abend.

23.00 Spätprogramm. Zyklus »Der Apfel fällt nicht weit vom Stamm«. Heute: *Der Sohn von Ben-Hur* (1931), mit Ben Turpin und Olivia de Havilland. Und nächste Woche ... *Der Sohn von Balarrasa*, mit José Sazatornil.

00.30 Ich putze mir die Zähne, spreche meine Gebete und lege mich aufs Sofa. Nichts Neues von Gurb.

01.00 Ich kann nicht schlafen.

02.00 Ich kann nicht schlafen.

03.00 Ich kann nicht schlafen.

04.00 Ich stehe auf. Ich tigere in der Wohnung umher, um meine Nerven zu beruhigen. Da ich die Anordnung der Möbel nicht kenne, stoße ich mir an allen Kanten die Schienbeine.

04.20 Ich setze mich an den Tisch und nehme Papier und Filzstift zur Hand.
»Lieber Gurb,
manchmal kommt es vor, dass zwei Personen lange zusammenleben, ohne sich gegenseitig kennenzulernen. Es kann auch umgekehrt sein, sprich: dass zwei Personen nur kurz zusammenleben und sich paradoxerweise gut kennenlernen.

Es kann auch noch etwas anderes passieren, nämlich dass zwei Personen lange zusammenleben und die eine die andere kennenlernt, ohne dass diese ihrerseits jene kennenlernt, in welchem Fall wir nicht sagen können, dass sich beide gegenseitig kennengelernt haben, aber auch nicht, dass beide Personen sich gegenseitig nicht kennengelernt haben. All dies hat natürlich nichts mit uns zu tun, und wenn ich mir erlaubt habe, es aufs Tapet zu bringen, dann weil ich nicht möchte, dass du denkst, ich wolle sachfremde oder unangebrachte Erwägungen vorbringen. Ich werde sogar einen neuen Brief verfassen, teils aus den Gründen, die ich dir gerade genannt habe, teils, weil ich schon seit einer Weile den Faden verloren habe.«

04.35 »Lieber Gurb,
zunächst will ich eine klare Unterscheidung treffen zwischen zwei grundlegenden Ideen, nämlich zwischen der von Prinzipien und der von Vorschriften.«

04.50 »Lieber Gurb,
jetzt, wo es Sommer wird, sollten wir uns wirklich auf den Weg machen.«

04.51 Ich klebe den Brief mit einem Tropfen Kleber an den Spiegel im Boudoir. Ich beschließe, die Gestalt von Yves Montand anzunehmen und mit viel Gefühl zu singen.

Si vous avez peur
des chagrins d'amour,
evitez les belles ...

Die Interpretation ist mir etwas fade geraten, weil ich mich aufgrund eines mechanischen Fehlers in Jacques-Yves Cousteau verwandelt habe. Im Taucheranzug singt es sich einfach nicht gut.

05.05 Mit der Nagelschere bringe ich Gurbs Garderobe auf die Größe von Mikroorganismen.

05.12 Ich leere die Parfümflaschen in den Ausguss und fülle sie mit Schwefelwasserstoff. Ich male Schnauzbärtchen auf die Gemälde. Ich fülle den Kühlschrank mit Ungeziefer. Ich klebe Rotz an die Vorhänge. Ich hinterlasse Fürze auf dem Anrufbeantworter. Ich stelle ein Schwein in die Badewanne. Ich verlasse die Wohnung und knalle die Tür hinter mir zu.

05.35 Ich gehe in die einzige Kneipe, die um diese Uhrzeit noch offen hat. Es sind noch viele Gäste da, aber weil die meisten auf dem Boden liegen, ist am Tresen reichlich Platz. Ich bestelle sechs Whiskys. Doppelte.

06.35 Ich betrete *meine* Wohnung. Ich lege mich auf *mein* Bett und schlafe ein, bevor ich die Augenlider schließen kann.

TAG 24

09.12 Ich erwache mit einem höllischen Kater, aber auch froh über die Entscheidung, die ich getroffen habe. Ich frühstücke Churros mit Whisky. Temperatur: 22 Grad. Relative Luftfeuchtigkeit: 68 Prozent. Stark bewölkt mit schlechter Sicht an der Küste. See: schwach bewegt mit Wellen von bis zu einem Meter Höhe. Das perfekte Wetter für meine Pläne.

09.30 Ich verlasse meine Wohnung. Festen Schrittes steige ich die Treppe hinunter. Wenn die Treppe sich bewegt, dann ist das nicht meine Schuld. Die Portiersfrau hängt gerade die Wäsche an den Fahrstuhlkabeln auf. Ich sage ihr, ich würde gern etwas Persönliches mit ihr besprechen. Ob wir dafür in ihr Kabuff gehen könnten?

09.31 Die Portiersfrau führt mich in ihr Kabuff, das im Untergeschoss des Gebäudes liegt. Sie zeigt es mir und erzählt, dass es im Sommer ein Backofen und im Winter ein Kühlschrank ist. Da sie keine Küche hat, sagt sie, muss sie die Heringe auf dem Gaskocher braten. Anschließend kann sie wegen des Rauchs nicht mehr fernsehen. Ein Badezimmer hat sie nicht, sagt sie. Zum Glück führen die Wasserrohre des Gebäudes durch ihr Schlafzimmer, und sie kann duschen, wenn wieder mal eines leckt. Aber was interessiere mich das alles?

09.47 Ich erwidere, ich hätte beschlossen, die Stadt zu verlassen, und wolle ihr (der Portiersfrau) aus diesem Anlass meine Wohnung schenken. Ich überreiche ihr die notarielle Urkunde und die Schlüssel. Die Portiersfrau sagt, sie habe immer gewusst, dass ich ein wahrer Gentleman sei und nicht wie *andere*, die immer nur nett täten, aber wenn es drauf ankomme, Pustekuchen. Um unsere Freundschaft zu besiegeln, nehmen wir jeder einen Schluck aus der Whiskyflasche, die ich dabeihabe.

10.00 Ich materialisiere mich in der Wohnung des Vorsitzenden der Eigentümerversammlung. Trotz seines wichtigen Amts empfängt er mich im Pyjama. Ich teile ihm mit, dass ich die Absicht hege, ihn mit den nötigen Geldmitteln auszustatten, damit er dieses Mistding von Fahrstuhl austauschen, die Fassade neu streichen, die Rohre erneuern, die Gegensprechanlage reparieren, die Lecks im Dach schließen, eine Parabolantenne installieren und einen Teppich im Eingang legen lassen kann. Im Gegenzug, füge ich hinzu, bitte ich lediglich darum, in guter Erinnerung behalten zu werden, da ich mich auf eine lange Reise begäbe. Der Vorsitzende sagt, wenn alle Nachbarn so wären wie ich, bräuchten wir keinen Sozialismus und den ganzen Scheiß. Wir gönnen uns einen Schluck Whisky.

10.20 Ich materialisiere mich vor der Wohnung meiner Nachbarin. Sie öffnet mir selbst. Sie wolle gerade los, sagt sie, ob ich nicht später wiederkommen könne. Es werde kein Später geben, antworte ich, auch ich würde bald weggehen, für unbestimmte Zeit. Ob ich eintreten dürfe? Es dauere nur eine Minute. Sie willigt ein, aber mit einer gewissen Zurückhaltung, da ich inzwischen ziemlich stark nach Whisky stinken muss.

10.30 So behutsam wie möglich sage ich zu meiner Nachbarin, ich hätte die Kühnheit besessen, Erkundigungen über ihre persönliche Situation einzuholen, sowohl auf dem Feld der Gefühle als auch auf dem Feld der Finanzen. Auf beiden Feldern könne man die Situation als desaströs bezeichnen. Auf dem Feld der Gefühle hätte ich ihr nichts anzubieten, sage ich, weil mir so gar keine Zeit mehr bleibe. Was hingegen das Feld der Finanzen betreffe ...

10.35 Ich räuspere mich. Ich nippe ein paarmal am Whisky, um mir Mut zu machen. Ich fahre fort.

10.36 Was das Feld der Finanzen betreffe, sage ich, hätte ich, da ich ja Single sei, vermögend und von Haus aus großzügig, beschlossen, ihr auf einer

(Schweizer) Bank eine Geldsumme zu hinterlegen, die ausreiche, um die Ausbildung ihres Sohnes zu bestreiten, die derzeitige wie die zukünftige an der Harvard School of Business Administration. Was sie (die Nachbarin) betreffe, füge ich kaum hörbar hinzu, bäte ich sie, als Erinnerung an unsere kurze Nachbarschaft diese bescheidene Smaragdhalskette anzunehmen.

10.39 Ich überreiche meiner Nachbarin die Halskette, trinke die Whiskyflasche aus, stürme aus der Wohnung und stürze die Treppe hinunter.

12.00 Ich gehe zu Fuß von der U-Bahn-Station zum Raumschiff. Als ich ankomme, rutscht mir das Herz in die Hose. Efeu überwuchert die Luken, an mehreren Stellen ist die Emaille abgeblättert, jemand hat das Herz-Jesu-Bild von der Tür gerissen. So kann ich mich auf meinem Planeten nicht blicken lassen.

12.02 Im Dorf kaufe ich einen Scheuerschwamm, Haushaltsreiniger und Gummihandschuhe. Ich kehre zum Raumschiff zurück und putze, was das Zeug hält.

13.30 Ich betrete das Raumschiff. Abgesehen von einigen feuchten Stellen scheint es im Inneren zu keinen größeren Schäden gekommen zu sein. Ich überprüfe die Druckmessgeräte, den Treibstoff.

Alles normal. Ich setze mich an die Steuerungskonsole. Ich betätige den Starthebel.

13.45 Brumm … brumm … brumm …

14.00 Brumm … brumm … brumm …

14.20 BRRRUUUUUUUMMMMMM!

14.21 Jesses, habe ich mich erschrocken.

14.22 Ich schalte den Motor aus. Ich gehe noch mal ins Dorf, um mich mit Proviant einzudecken.

15.00 Ich belade das Raumschiff mit allem, was nötig ist, um mir den Flug angenehm zu gestalten: Zahnpasta, literarische Neuerscheinungen, ein Fahrrad, eine verschlüsselte Zusammenfassung des Skandals um die U-Bahn von Montjuïc und noch ein paar weitere Kleinigkeiten.

16.00 Als ich den Vorratsraum bis obenhin mit Waren gefüllt habe, entdecke ich, dass es dort von Kakerlaken nur so wimmelt. Was tun? Mich mit Cucal-Sprays eindecken natürlich. Nur: Wenn ich erst mal wieder reiner Intellekt und kein Körper mehr bin, womit drücke ich dann den Knopf?

16.20 Nach mehreren vergeblichen Versuchen gelingt es mir endlich, Kontakt zur Relaisstation AF im

Sternbild des Antares herzustellen. Ich teile mit, dass ich die Mission auf der Erde für beendet erkläre und die schlechten (aber für die Steuerung optimalen) Wetterbedingungen nutzen werde, um die Heimreise anzutreten. Des Weiteren teile ich mit, dass ich allein zurückfliege, weil mein Reisegefährte namens Gurb im Dienst verschollen ist. Ich vermeide es, die Wahrheit zu sagen, um seinen alten Eltern keinen Verdruss zu bereiten.

16.30 Die Relaisstation AF im Sternbild des Antares bittet mich, die Nachricht zu wiederholen. Offenbar ist der Empfang schlecht.

16.40 Ich wiederhole die Nachricht. Die Leute von der Relaisstation AF im Sternbild des Antares sagen, sie hätten die Nachricht schon beim ersten Mal verstanden und sie mich nur deshalb wiederholen lassen, weil sie meinen katalanischen Akzent so witzig fänden.

17.00 Ich materialisiere mich in der Kneipe von Señora Mercedes und Señor Joaquín. Señora Mercedes steht hinterm Tresen, als wäre nie etwas gewesen. Señor Joaquín spielt Domino mit drei Stammgästen seines Jahrgangs. Überschwängliche Begrüßung, Auberginenomelette, Bierchen. Ich sage, ich sei gekommen, um mich zu verabschieden. Ich würde in meine Heimat zurückkehren. Siehst du, Joaquín? Ich habe dir ja gleich gesagt, dass er nicht von hier ist. Ich überreiche ihnen das Geschenk, das ich für sie gekauft habe: ein kleines Häuschen und ein elf Morgen großes Grundstück in Florida, auf dem sie sich erholen können. Mensch, das wäre doch nicht nötig gewesen. Das muss Sie doch ein Vermögen gekostet haben. Schon gut, schon gut, Señora Mercedes, das haben Sie sich redlich verdient. Adiós, adiós. Schreiben Sie uns mal eine Postkarte.

19.00 Bereit für den Start. Alle Schotten dicht. Ich beginne mit dem Countdown. 100, 99, 98, 97.

19.01 Hinter mir ein Geräusch. Die verfluchten Kakerlaken? Ich werde nachsehen.

19.02 Gurb! Was zum Teufel tust du hier? Und dann auch noch mit diesen hochhackigen Schuhen! Willst du etwa damit durch Raum (oder Zeit) reisen? Gurb zeigt mir eine verschlüsselte Nachricht auf dem Übertragungsbildschirm.

19.05 Ich entschlüssele die Nachricht. Sie ist vom Hohen Rat. Angesichts unserer erfolgreichen Mission auf der Erde (zur der man uns gratuliert) sollen wir unser Ziel ändern und zum Planeten BWR 143 fliegen, der (wie ein Idiot) Alpha Centauri umkreist. Dort angekommen sollen wir wie auf der Erde die Gestalt der dortigen Bewohner annehmen. Sie haben neunundvierzig Beine, von denen nur zwei bis zum Boden reichen, des Weiteren ein Auge, sechs Ohren, acht Nasen und elf Zähnchen. Sie ernähren sich von Schlamm und pelzigen Raupen, die sie mit ihren anteroposterioren Tentakeln fangen.

19.07 Aus Gurbs Schnute schließe ich, dass ihn die uns aufgetragene Mission nicht mit dem Stolz erfüllt, der ihr gebührt. Bevor er seiner mangelnden Begeisterung auf eine Art Ausdruck verleihen kann, die disziplinarische Maßnahmen (meinerseits) zur Folge haben, führe ich mehrere Argumente an, die man in drei (oder weniger) Kategorien einteilen könnte, als da wären: a) kompetente Behörden wissen *immer* besser als wir selbst, was für uns am besten ist; b) sich in einem neuen Umfeld zu bewegen und neue Kulturen kennenzulernen, erweitert *immer* den Horizont, und c) es bestimmt *immer* derjenige, der zahlt. Ganz persönlich führe ich noch an, dass ihm die Veränderung außerordentlich guttun werde, weil er sich in letzter Zeit ziemlich ätzend benehme und es an der Zeit sei, dass er sich von einer jungen, hübschen, reichen und frechen Frau in einen ekligen Wurm verwandle, worauf Gurb erwidert, er wisse nicht, was er mehr bewundern solle, meinen Scharfsinn oder meine präzise Ausdrucksweise.

19.50 Start des Raumschiffs erfolgt ohne Probleme zur vorgesehenen Uhrzeit (983 674 856 739 kosmische Astrolabialzeit). Startgeschwindigkeit: 0.12 auf der konventionellen (begrenzten) Skala. Einfallswinkel in Relation zum Perihel: 54 Grad. Voraussichtliche Reisedauer: 784 Jahre. Ziel: Alpha Centauri.

19.55 Gurb und ich kommen hinter dem Plakat der MOPU hervor, leicht versengt vom Ausstoß der Turbinen. Wir blicken dem Raumschiff nach, das sich zwischen den Wolken verliert. Wenn wir auf dem Weg zur U-Bahn nicht nass werden wollen, müssen wir uns beeilen.

20.00 Gurb bringt seine (meiner Ansicht nach irrtümliche) Meinung zum Ausdruck, dass ich ein Idiot sei. Hätte ich nicht die letzte Pesete für Geschenke an Gott und die Welt ausgegeben, sagt er, könnten wir jetzt ein Taxi rufen und uns die Latscherei ersparen. In seinem Bleistiftrock, fügt er hinzu, könne er kaum gehen. In Zukunft werde er sich um die Finanzen kümmern. Bevor ich ihn daran erinnern kann, dass ich auch außerhalb des Raumschiffs (und des Gesetzes) sein Vorgesetzter bin, kommt ein Auto vorbei, Gurb hebt die Hand, das Auto hält. Gurb zieht seinen Rock hoch und rennt zu dem Auto. Er pfeift auf meinen ausdrücklichen Befehl und steigt ein. Das Auto fährt los.

02.00 Nichts Neues von Gurb.

GLOSSAR

Admiral Yamamoto
Yamamoto Isoroku (1884–1943). Japanischer General, der den Überfall auf Pearl Harbor plante.

Alcalde, Mirador del
Als Park angelegter Aussichtspunkt auf dem Berg Montjuïc.

Alcocer, Alberto
Bekannter spanischer Geschäftsmann.

D'Alembert, Jean-Baptiste
(1717–1793) Französischer Mathematiker und Philosoph.

Alfons der Großmütige
Alphons V., König von Aragón.

Ampurdán
Fruchtbare Küstenebene in der Provinz Girona. Anspielung auf den Schlussdialog von »Casablanca«: Uns bleibt immer Paris.

Balarrasa, Der Sohn von
Nicht existierende Fortsetzung des spanischen Films *Belarrasa* aus dem Jahr 1951.

Baudouin I.
(1930-1993) König von Belgien und seine spanische Frau Fabiola de Mora y Aragón (1928-2014).

Ben-Hur, Der Sohn von (1931)
Nicht existierende Fortsetzung des Filmklassikers *Ben-Hur*.

Bertoldo, Bertoldino und Cacasenno
Drei Erzählungen von Giulio Cesare Croce und Adriano Banchieri aus dem Jahr 1620, in denen noch ältere Geschichten verarbeitet werden.

Buñuelos
Frittierte Teigbällchen.

Bürgerverein
Eine Art Bürgerinitiative eines Viertels oder Dorfs, die sich dafür einsetzt, die Lebensbedingungen der Bewohner zu verbessern.

Camacho, Marcelino
(1918-2010) Bekannter Gewerkschafter und Politiker.

Chistorras
Spanische Grillwurst.

Conde, Mario
(* 1948) Schillernder Geschäftsmann. Wurde in den 1980er-Jahren Direktor sehr jung Direktor der Kreditbank Banesto und 1993 wegen Korruption zu zwanzig Jahren Gefängnis verurteilt.

Copla
Genre der spanischen, vom Flamenco beeinflussten Volksmusik. Meist geht es um die Liebe.

Cortina, Alberto
(* 1947) und sein Cousin Alberto Alcocer (* 1942). Schwerreiche Bauunternehmer, die wegen Geld- und Liebesaffären in die Klatschpresse gerieten.

Cousteau, Jacques-Yves
(1910–1997) Berühmter französischer Meeresforscher und Dokumentarfilmer.

Cucal
Starkes Insektengift zur Bekämpfung von Kakerlaken.

Doreste, José Luis
(* 1956) Spanischer Segler, nahm fünfmal an den Olympischen Spielen teil und gewann mehrere Medaillen bei Weltmeisterschaften.

El María Moliner
Spanisches Wörterbuch, vergleichbar mit dem Duden, das nach seiner Erstellerin benannt ist.

FAD-Preis
Forment de les Arts y del Disseny: jährlich vergebener Designer-Preis.

Farias
Mexikanische Zigarettenmarke.

FGC
Ferrocarriles de la Generalitat de Cataluña, katalanische Eisenbahngesellschaft, die in Barcelona und Katalonien ein Netz von elektrifizierten Vorortstrecken betreibt.

Fuet
Dünne Hartwurst aus Katalonien.

Gänse des Kreuzgangs
Im Garten der Kathedrale von Barcelona leben dreizehn weiße Gänse in Erinnerung an die heilige Eulalia, je eine Gans für jedes erlittene Martyrium.

González, Juan Guerra
Bruder von Alfonso Guerra González, einem sozialistischen Abgeordneten, der ab 1982 Vizepräsident unter Felipe González war und 1991 wegen eines

Korruptionsskandals seines Bruders Juan zurücktreten musste.

Guía del Ocio
Stadtmagazin von Madrid, in dem alle Veranstaltungen gelistet sind.

Harry's Bar
Berühmte Bar in Venedig. Zu den Gästen gehörten Orson Welles, Truman Capote und Ernest Hemingway.

I. M. Pei and Partners
Berühmtes US-amerikanisches Architektenbüro.

Longanizas
Spanische Salami.

Los mundos de Yupi
Kindersendung (1988–1991) in Anlehnung an die Sesamstraße. Inhalt: Zwei Außerirdische, Yupi und Astrako, stranden mit ihrem Rauschiff auf der Erde …

Mariano, Luis
Spanischer Operettensänger (1914–1970).

Mercabarna
Großmarkt in Barcelona.

Milla, Luis
(*1966) Spanischer Fußballspieler, u.a. beim FC Barcelona.

Moll de la Fusta
Hafenpromenade in Barcelona.

Montalbán, Manuel Vázquez
Spanischer Schriftsteller (1939–2003), bekannt für seine Kriminalromane um den Privatdetektiv Pepe Carvalho.

Montand, Yves
(1921–1991) Berühmter französischer Filmschauspieler und Chansonsänger.

MOPU
MOPU: Ministerio de Obras Públicas y Urbanismo. Bau- und Stadtplanungsministerium.

Morcillas
Spanische Blutwurst.

Olivares, Conde-Duque de
Gaspar de Guzmán, Graf von Olivares und Herzog von San Lúcar (1587–1645). Minister unter Philipp IV.

Orantes, Manuel
Ehemaliger spanischer Tennisprofi (*1949).

Oreja, Marcelino
(* 1935) Spanischer Politiker, u. a. Außenminister von 1976 bis 1980.

Ortega, Simone
Spanische Autorin von Kochbuchbestsellern.

Ortega y Gasset, José
Spanischer Philosoph und Essayist (1883–1955).

Padrón, Pimientos de
Besondere Paprikasorte. Kleine, grüne Früchte, die angebraten und mit grobem Salz bestreut werden.

Panzerdivision Brunete
Eliteeinheit der spanischen Armee, gegründet 1943 unter Franco.

Paquirrín
Kiko Rivera (* 1984), Sohn des berühmten Stierkämpfers Paquirri und der berühmten Flamenco-Sängerin Isabel Pantoja. Bekannter TV-Promi.

Pestiños
Weihnachts- und Karwochengebäck: ein Stück Teig, das in Olivenöl frittiert und mit Honig glasiert wird.

Piñones, Coca de
Typisch katalanisches Hefeteiggebäck mit Pinienkernen.

Piquillo, Pimientos de
Besondere Paprikasorte aus Nordspanien. Sie wird aufwändig über dem Feuer geröstet und gilt, besonders gefüllt, als Delikatesse.

Polvorones aus Estepa
Ein weiches, krümeliges Schmalzgebäck, sehr beliebt in Spanien.

Prenafeta Garrusta, Lluís
(* 1939) Geschäftsmann und rechte Hand des katalanischen Ministerpräsidenten Jordi Pujol.

Raissa
Raissa Gorbatschowa (1932–1999), Frau von Michael Gorbatschow.

Robles, Federico Carlos Sáinz de
(1898–1982) Spanischer Schriftsteller, Literaturkritiker und Historiker.

Romero, Julio de Torres
Spanischer Maler des Realismus (1874–1930).

Salchichones
Spanische Dauerwurst.

Salou und Vilaseca
Zwei Ortschaften bei Tarragona, die in den 1990er-Jahren wegen des Baus eines Freizeitparks zerstritten waren.

Sánchez, Marta
(*1966) Spanische Sängerin, zur Zeit der Romanhandlung sehr präsent in Fernsehen und Magazinen, gestylt in Anlehnung an Marilyn Monroe.

Segundo, Frascuelo
Erfundener Stierkämpfer.

Soleares
Melancholische Variante des Flamenco.

Suárez, Luisito
Luis Suárez Miramontes (1935–2023). Spanischer Fußballspieler und -trainer. Trainierte von 1988 bis 1991 die spanische Nationalmannschaft.

Subirachs, Josep María
(1927–2014) Katalanischer Bildhauer und Maler. Eines seiner bekanntesten Werke ist die Figurengruppe der Passionsfassade der Sagrada Familia.

Turrón de Yema
Typische spanische Süßigkeit, hergestellt aus Marzipan und Ei.

Unamuno, Miguel de
  Spanischer Philosoph und Schriftsteller (1864-1936).

Viriathus
  (ca. 190-139 v. Chr.) Anführer der Lusitaner, der 140 v. Chr. die Römer besiegte.

Wissenschaft und Nächstenliebe II
  Wissenschaft und Nächstenliebe (1897). Ölgemälde von Pablo Picasso.

Zumifot
  Erfundenes Getränk.

www.klett-cotta.de/fantasy

Nils Westerboer
Athos 2643
Deutscher Science-Fiction-Preis 2023
432 Seiten, Klappenbroschur
ISBN 978-3-608-98494-1

Athos. Das gefährlichste Geheimnis der Zukunft.

Auf Athos, einem kleinen Neptunmond, stirbt ein Mönch. Rüd Kartheiser, Inquisitor und Spezialist für lebenserhaltende künstliche Intelligenzen, ermittelt. An seiner Seite: Seine Assistentin Zack. Schön, intelligent und bedingungslos gehorsam. Ein Hologramm. Für Rüd die perfekte Frau. Doch das Kloster des Athos verbirgt ein altes, dunkles Geheimnis. Rüd erkennt: Um zu überleben, muss er Zack freischalten.

www.klett-cotta.de/fantasy

Wieland Freund
Dreizehnfurcht
448 Seiten, gebunden mit Schutzumschlag
ISBN 978-3-608-98658-7

Momme Bang hat panische Angst vor der Zahl 13. Dann wird er ausgerechnet in einen verborgenen 13. Bezirk Berlins gelotst und landet in einer merkwürdigen Zeit, in der alle Errungenschaften der Moderne abgelehnt werden. Doch hinter der traditionalistischen Fassade dieses bizarren in der Zeit eingefrorenen Berliner Stadtteils tobt ein Machtkampf, und Momme findet sich im Zentrum einer Verschwörung wieder ...